2DB
二次元ドリーム文庫

小説 竹内けん
挿絵 シロクマA

ハーレムリベンジャー

Harem Revenger

復讐の美女とおねショタ流離譚

ハーレムシリーズの世界

ドモス
クロチルダ
金剛壁
セレスト
ヤーシュ
バザン
リア
シギショアラ
インフェルミナ
ムーランルージュ
カリバーン
アーリア
ベニーシェ
ネフティス
デュマ
マドラ
バーミア
サラミス
ドゴール
ベアトリス
ヴィーヴル
レナス
雲山朝
バタフライ
ヴァスラ
ヤザ
シーニ
オレアンダー
ラルフィント
ゴールドマリー
マリオベール
ディヴァン
カンタータ
デミアン
山麓朝
キュベレ
リュミネー川
ラージングラード
エルバード
ゴットリーブ
サブリナ
ヒルクライム
ミラージュ
レイム
プロヴァンス
オニール
エトルリア
ロードナイト
シルバーナ
パルザック
翡翠海
トルフィヤ
プラキア
シャニュイ
ミュラー

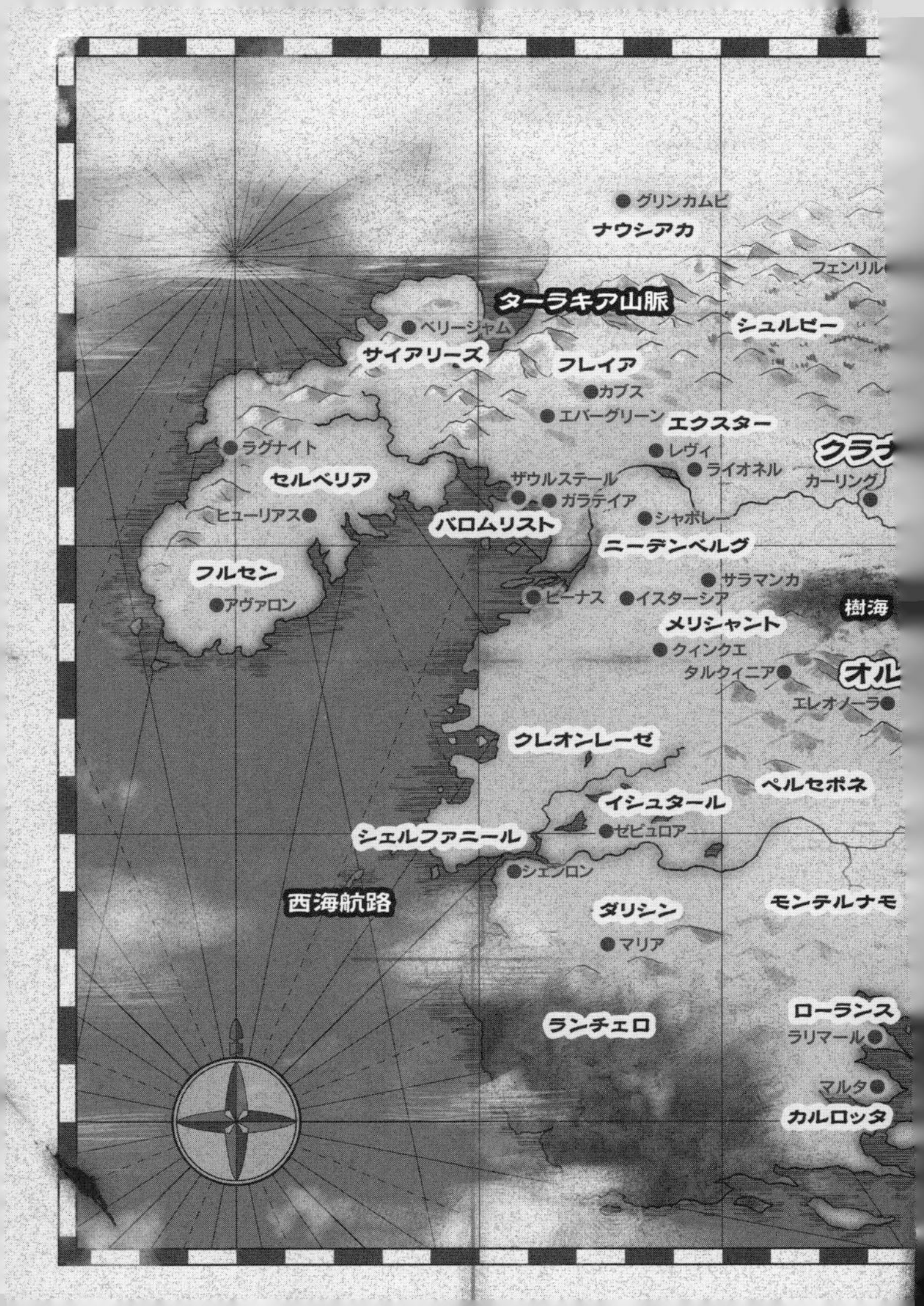
グリンカムビ
ナウシアカ
フェンリル
ターラキア山脈
ベリーシャム
シュルビー
サイアリーズ
フレイア
カブス
エバーグリーン
エクスター
ラグナイト
レヴィ
ライオネル
セルベリア
ザウルステール
カーリング
ガラテイア
ヒューリアス
シャボレー
バロムリスト
ニーデンベルグ
フルセン
サラマンカ
ビーナス
イスターシア
樹海
アヴァロン
メリシャント
クィンクエ
タルクィニア
エレオノーラ
クレオンレーゼ
ペルセポネ
イシュタール
ゼピュロア
シェルファニール
シェンロン
西海航路
モンテルナモ
ダリシン
マリア
ローランス
ランチェロ
ラリマール
マルタ
カルロッタ

ジャシンダ

一族を虐殺されこの世を呪う、残忍な復讐者。
メリシャント王国重臣の娘であり元姫騎士。

HaremRevenger
Characters

サスキア
アーダーンに仕える孤高の女忍び。
ジャシンダ暗殺の命を請け
派遣されるが返り討ちに遭う。
ルーゼモニア
山犬傭兵団出身の聖姫騎士。ジャシンダの元親友。
闇に堕ちた彼女に平和を説く、騎士精神に溢れた人物。
キアロ
戦争で都落ちした孤児。絶世の美少年。
野山で生きる術に長けているが、スケベ。
アーダーン
一年前、ジャシンダの家族を虐殺した仇敵。
二重王国の信頼を得、メリシャント王国の重鎮に収まる。

第一章　バッドランドの片隅で

「あの……ぼく、どこに連れて行かれるんですか？」

仙樹暦１０３７年。大陸の北西にあるメリシャント地方。そこの寂れた街道を一台の荷馬車が進んでいた。

裸の台車には鉄製の檻が置かれ、中には十歳前後の少年が半泣きになって座っている。痩せた馬を操る御者が一人、檻の周囲には四人のならず者が腰を下ろして寛いでいた。だれが見ても一目でわかる。少年は人攫（ひとさら）いに捕まったのだ。

悲劇的な出来事だろうが、この地域では珍しくない光景である。

犯罪とは、人目をはばかって夜中にこそ行われるものだ。しかるに、白昼に堂々と行われている。それが許される世界観だということだ。

ガタゴトと木製の車輪が軋（きし）んだ音を立てているのは、街道の整備がされていないゆえである。

あたりに広がる光景は、荒涼とした焼け野原だった。山は禿げ上がり、田畑は荒らされ、建物はいずれも破壊されている。

端的にいえば、戦渦にまみれた土地だった。

「そう心配するなって、てめぇは顔がいいからな。欲求不満の貴婦人に買ってもらえれば、かわいがってもらえるだろうよ。羨ましいなぁ」

「そうそう、ババアの小便を美味しい美味しいって飲んでやれば、本当に美味い飯を食わせてもらえるかもしれないぜ」

「ああ、間違いなくいままでよりいい暮らしができるぜ。上手くやればな、ギャハハハ」

暇を持て余しているのだろう。荷馬車に乗ったならず者たちは、檻の中の少年を相手に下品な与太話をしている。

ちなみに男と女。どちらの奴隷が高値で売れるかといえば、男だ。

男のほうが労働力としてコストパフォーマンスに優れているからである。

女は性欲の捌け口として使えるといっても、所詮は一時の嗜好品だ。

それに女の美貌というのは、金をかけて磨き上げてこそ価値が出る。奴隷を買うような富裕層が、わざわざ小汚い女を抱く理由はない。

「そんな、ぼく……」

今後の運命を悲観した少年は半べそで、洟を啜ることしかできない。

(なんでこんなことに……)

彼の名はキアロといった。年は十歳である。

もっと小さいころは都会で暮らしていたこともあるが、一年前に大きな戦争があり、戦渦を逃れるために両親から引き離されて、母方の祖父だという猟師のもとで暮らしていた。

　この地域を統治していたメリシャント王国は、大きな国ではなかったが、その統治機構のもとに、人々は畑を耕し、商いをし、恋愛をし、結婚をし、子供を作り、子供の成長に振り回されるといった、どこにでもある平凡な暮らしをしていた。

　しかし、いまやそんな普通な日常を営めない、廃墟からゴミを漁り、それを売るしかない土地となり下がっている。

　北の超大国であるドモス王国と、南の超大国であるオルシーニ・サブリナ二重王国がこの地で激突したのだ。

　どちらかが勝って、この地を支配していればまだよかったのだろうが、両国は百日間も戦った挙句に、決着がつかなかった。

　その凄まじい暴力は、この土地からすべてを奪ったのだ。

　メリシャント王国は消し飛び、住人からは、家族を、友人を、将来の夢を、財産を、そして、倫理観を奪った。

　追い剥ぎ、盗賊、山賊、なんでもござれの無政府状態になってしまったら、みんな刹那的に生きるしかない。

　キアロを捕らえたならず者たちも、一年前は村の気のいい青年たちだったかもしれないのだ。

キアロの祖父もまた、現地物資の徴集にやってきた兵士たちに殺されてしまう。幸い、祖父の言いつけを守ったキアロは、薪小屋に隠れていたので難を逃れることができた。

天涯孤独となってしまったが、猟師であった祖父から、山の中で生きていく術は教えてもらっていたので、なんとか糊口を凌ぐことはできた。しかし、つい人恋しくて麓の村に顔を出したら、この人たちに捕まってしまったのだ。

両親には捨てられ、祖父とは死に別れた。もはや身寄りもない。子供が一人で生きていくにはあまりにも過酷な環境であった。

檻の中に入れられた自分が、今後どうなっていくのか、まったく想像がつかない。

「ほら、どうした。ママぁって叫んだらどうだ？」

面白がった大人たちに錆びた槍の柄で突っつかれる。

「もう、やめてよ……」

キアロが泣きながら訴えていたときだった。

バサッ！

商品を嬲っていたならず者の首が、まるで毬のように青空高く飛んだ。

「えっ⁉」

盛大に上がる血飛沫を見上げて少年は絶句したが、周りにいたならず者たちも混乱した。

「なんだ？」

ダン！

首が地面に落ちるのと前後して、台車の上に怪鳥が舞い降りた。いや、それは女だ。

黒い長髪を靡(なび)かせ、ボロボロの赤い外套を羽織っている。インナーの赤いシャツもボロボロだ。胸元がはちきれそうなほどパッパツで、裾が短く腹部から臍(へそ)が露出している。黒い短パンからは白い太腿が覗き、膝までの無骨な鉄のブーツ。手の甲には包帯を巻き、右手に中剣を持っていた。その刃の切っ先からは血が滴っている。

彼女が起こした惨状であることは、火を見るより明らかであった。

「ひっ」

キアロが息を呑んだのは、殺人を目撃したからではない。

もちろん、それは怖いことだ。

しかし、彼女の纏(まと)う雰囲気が尋常ではなかった。

まるで全身から黒いオーラが立ち昇っているかのようなのだ。

白面に、アーモンド形の目、その奥で炯々(けいけい)と輝く蒼い瞳、高い鼻梁(びりょう)、赤い唇。すっきりとした顎(あご)のライン。いずれも造形は整っている。

しかし、素直に美人と称えるには、表情が剣呑すぎた。

目の下にはクマができている。その瞳からは憤怒が青黒い炎となって噴き出しているかのようだ。口角が吊り上がった表情は笑うというのではない。ただただ凶悪だった。

キアロは、山で熊とばったり遭遇したときよりも、怖いと思った。

「なんてことしやがるんだアマっ！」

仲間を殺されたならず者たちは激高した。

無法地帯に生きる男たちだ。慌てはしたが、ただちに敵だと認識するとそれぞれ得物を持ち立ち上がった。

「このガキを助けにきたのか！」

ならず者たちの予想は間違いだ。キアロは、この女性を初めて見た。こんな個性の強い女性と一度でも会っていれば、忘れられないだろう。

しかし、思った。この人、とてつもなく強い。

(やめたほうがいいよ。あなたたちでは絶対に勝てない)

人攫いの皆さんに、キアロは他人事ながらそう言ってあげたくなった。

とはいえ、口を開くよりも先に、惨劇は始まる。

「……」

女は一言も発することなく、刃を刺突。最初に啖呵を切った男の喉を貫いた。

「ぐあっ」

「なんか言いやがれ！」

有無を言わせずに、二人の仲間を殺されて、リーダー格と思われる大男は巨大な斧を持って女の頭に振り下ろした。

バン！

台車の床に穴が開いた。人間に当たれば一撃必殺であったろうが、ハズレてしまえば無防備な体勢が残る。

目に青白い炎を焚いた女は、素早く懐に潜り込むと、斧を持った男の腹部を貫く。

「女っ！」

腹に風穴を開けられながらも、大男は斧から手を離し殴りかかった。さすがにリーダー格だけあって根性がある。

しかし、女は慌てずに左腕を突き出す。掌から青黒い炎が噴き出して大男を包んだ。

「うわわわわわぁぁぁぁぁぁ」

悲鳴をあげて大男は、荷馬車から転がり落ちていった。

「うるせぇ、何騒いでやがる！」

怒鳴りながら御者が振り返ろうとするも、その背中を情け容姿なく袈裟斬りにされる。

断末魔の叫びが連続して響き渡り、御者がいなくなったことで馬は止まった。

「な、なんなんだおまえは、いきなり、こんな」

一人残ったならず者が、台車の上で、腰を抜かして後ろにずり下がりながら叫ぶ。

「……」

女は虫を見るような、いや害虫を見るような目で見下ろしつつ、初めて口を開いた。

「アーダーンはどこだ」

「だ、だれだそれぐぇ！」

ならず者の返答をみなまで言わせず、女の持つ刃は男の右の太腿に突き刺さった。

「アーダーンはどこだ」

同じ質問を繰り返された男は、泣き叫ぶ。

「なんのことだよギャ」

女の刃は、男の左太腿に突き刺さっていた。さらに三度、刃を振り上げたので大怪我を負った男は、涙ながらに必死に叫ぶ。

「よせ、よせ、よせ、本当になんのことかわからねーんだ。知っていたらなんでも話す。だから勘弁してくれ」

女は醒めた眼差しで確認を取る。

「本当にアーダーンとは無関係なんだな？」

「ああ、知らねぇ。本当に知らない。頼む助けてくれ」

「そうか。ならば無駄な殺生をした」

そう呟いた女の刃が、男の胸部を貫く。

まさか勘違いで殺された。男は信じられぬといった顔のまま絶命する。

（酷い）

鉄の檻の中にいたおかげで、戦いに巻き込まれることのなかったキアロは、自分を誘拐した犯罪者たちに同情してしまった。

その突然現れた女の所業は、まさに悪鬼羅刹と呼ぶにふさわしい。

しかし、キアロは同時に思ってしまった。

（なんて綺麗な人だろう……）

呆然（ぼうぜん）とキアロが見守っていると、女は血に酔ったのだろうか、興奮した様子で獣のように雄叫びをあげた。

「あー！　まただ！　また、ハズレだ！　どこだ！　どこにいるんだ！　アーダーン、首をねじ切ってやる！　背骨をへし折ってやる！　内臓をぶちまけさせろ！」

まだ殺し足りないといった様子で、剣を振り回し、台車や死体を滅多斬りにした狂気の女は、やがて気が済んだのか、一つ大きく深呼吸をする。

そこでようやくキアロは、檻の中から恐る恐る声をかけた。

「あ、あの……」

鬼女は、いまさらながら檻の中を覗き込む。

そして、目を見開いた。

「……スクーロ」

「えっ⁉」

覚えのない名前で呼ばれてキアロは戸惑う。その顔をマジマジと見つめた女は、失望の表情になる。

「いや、全然似てないな」

頭を振った女は、ごく無造作に手にした剣を横に振るった。

バリリリ……

凄まじい音とともに、鉄柵が斬れた。

もともと安い鉄が使われていたのかもしれないが、剣で斬れるというのはただ事ではない。

「ヒッ」

恐怖と驚愕に身を竦めるキアロになど見向きもせずに、女はクルリと背を向けた。

そして、もう興味を失ったかのように、その辺に転がっていた死体の服で、刃を拭って剣を鞘にしまう。

それから死体の物色を始めた。

壊れた檻から出たキアロが恐る恐る質問する。

「あの……何をしておられるんですか？」

「死体を漁っている」

「え」

当たり前に答えられて、キアロは絶句する。

「死んだやつらが金品を持っていても仕方ないだろ」

「そ、そうですね」

有無を言わせず襲撃して、その死体から金品を奪うなど、いくら相手が人攫いの犯罪者とはいえ、強盗と変わらない。

適当に金目のものと、リンゴを見つけた女は、それを外套のポケットに入れて歩きだす。

それをキアロは慌てて呼び止める。

「待ってください！」

「なんだ？」

目の下にクマのできた女は、煩わしげな表情で振り返る。

怯みながらもキアロは、精いっぱい頭を下げた。

「助けていただいて、ありがとうございます」

「そうか」

軽く頷いた女は、再び踵を返す。

それに追い縋ってキアロは再度呼びかける。

「ぼく、行くところがなくて……」

「故郷に帰れ、故郷がないなら、適当な村へ行って庇護してもらえ」

面倒臭そうに吐き捨てる女に、キアロは必死に言い募った。

「お礼したいです。洗濯でも、料理でもなんでもしますから、連れて行ってください」

「……」

予想外の申し出だったのだろう。女は軽く目を見張って、キアロをマジマジと見る。

なぜこう申し出たのか、自分でもわからなかった。

絶対にヤバい女である。妄執が全身を包んでいるのがありありと見て取れた。

それでもついて行きたいと思ったのだ。

それは、少年特有の、綺麗なお姉さんへの憧憬。綺麗なお姉さんはそれだけで正義だと考えてしまう、少年の本能というものだったのかもしれない。

また、それとは別に、この人を放っておけないと思った。

なぜなら、このお姉さんは絶対にまともな食生活をしていない。睡眠もろくに取っていないのではないだろうか。

目の下のクマが、不健全な生活を如実に物語っている。

「料理、得意なのか？」

「はい。祖父が猟師でしたから、たいていのものは食べられるように調理できます」

「ふっ」

女の口元にかすかな笑みが浮かんだ。

それはあたかもキアロの姿に、別のだれかを投影したようである。

「わたしはおまえを守るつもりはないぞ。いざとなったら盾にするなどして、使い捨てにする。それでもいいならついてこい」

「はい。ありがとうございます」

居場所を見つけられてキアロは安堵する。

そんな少年の感情になどお構いなく、女は再び歩きだした。一刻も惜しいと言いたげに。

「あ、待ってください。この馬も、連れて行きましょうよ。荷物持ちになります」

「好きにしろ」

壊れた台車を取り外し、痩せた馬の背に生活に使えそうなものを見繕って乗せる。

(これでぼくも、強盗だな)

自分の行いに罪悪感を覚えないわけではなかったが、背に腹は替えられなかった。

※

「……」

荒野の中を、ボロを纏い、剣を背負った女が黙々と歩いていた。そのあとを痩せた馬の手綱(たづな)を引いたキアロが必死について行く。

女のほうは、キアロにまったく興味がないようだった。遅れたらそのまま捨て置くつもりのようである。

　一方、キアロにとって、彼女は命を繋ぐよすがだ。置いていかれたら、その場で野垂れ死ぬ。また人攫いなどの無法者に捕まるか、野獣の餌になるのが関の山であろう。

　歩を進めながらキアロは、前を歩く女の正体を推測した。

（このお姉さんは騎士崩れなんだろうか？）

　五人のならず者を一瞬で惨殺した手並みは、絶対に素人の技ではない。そんなことは戦い方を知らぬキアロにもわかった。

（ずいぶんと思い詰めているみたいだけど、どんな目的があるのかな？）

　彼女の時間を惜しむ態度から見て、目的がないはずはない。

　やがて川辺にたどり着いたところで、女は足を止めた。

「今日はここで野宿をする」

「はい」

　クタクタになっていたキアロは安堵のため息をつく。そして、努めて明るい声を出す。

「食事の用意をしますね」

「ああ」

　女の見守る中、キアロは乾いた流木を拾い集めてくると、簡単な焚火を作った。

　そして、木の棒に糸をつけ、簡易な釣り竿を作り、川虫を餌に魚を釣る。

釣れた魚の口に木の棒を刺して、焚火で焼く。

人攫いの馬車から持ってきた鍋を取り出し、川の水を沸かし、道端で拾った適当な山菜を入れる。そして、これまた山賊の持っていた塩で軽く味付けをする。

その工程を黙って見ていた女が呆れたように口を開く。

「……手際がいいな」

「祖父に仕込まれましたから」

「そうか」

しばらくしてできたスープを木の器に入れたキアロは、恐る恐る黒髪のお姉さんに差し出す。

黙って受け取った女は、無造作に口に含んだ。

「どうでしょう？」

「……悪くない」

一言だけ言って女は黙々とスープと焼き魚を平らげた。

その態度からは味などどうでもよく、栄養補給としての食事以外に興味はなさそうに見えた。

食後に女は、懐からリンゴを取り出すと、ナイフで切って、半分を差し出す。

「食べるか？」

「いただきます」

皮も剥かないリンゴに、キアロは齧りつく。

キアロがついてこなければ、彼女はこのリンゴのみを食事としたのかもしれない。

デザートも食べ終えて、とにかくお腹を満たしたキアロは人心地ついた。

そこで恐る恐る、焚火の向かいにいるおっかないお姉さんに声をかける。

「あの……お名前を伺ってもいいですか？　あ、ぼくはキアロと申します」

「ジャシンダだ」

素っ気なかったが、思いのほかあっさりと名前を教えてもらえた。

「あの……ジャシンダさんはなんで旅をしておられるのですか？」

サファイアのような瞳でジロリと睨まれて、キアロは慌てる。

「あ、ごめんなさい。立ち入ったことを」

「別に隠してはいない。アーダーンという男を捜している」

「こ、恋人ですか？」

直後にキアロは失言だと気づいた。

ジャシンダの全身からどす黒い憤怒が噴き出すのが、目に見えたかのようだった。

「仇だ」

底知れぬ憎悪にあてられたキアロは、背筋から震えた。

その怯え方に、子供を脅しても仕方がないと思ったのだろう。ジャシンダはため息をついて殺気を収める。

キアロもまた気を取り直して、質問を続けた。

「それじゃ、ジャシンダさんの旅の目的は敵討ち」

「ああ、アーダーンを殺す。やつの一族を皆殺しにする」

「……ど、どうしてそこまで……」

その憎悪の炎にあてられたキアロは、戦慄することしかできない。

ジャシンダは木の枝で、火をかき混ぜながら呟いた。

「わたしには弟がいた。ちょうどおまえぐらいのな」

「スクーロさんですか？」

「なぜ知っている」

ジャシンダの眼差しが険しくなったので、キアロは慌てる。

「ジャシンダさんが、ぼくを最初に見たとき、そう言ったから！」

「そうか……。スクーロはまだ十歳だった。あんな死に方をするようなやつではなかった」

無念の表情を浮かべたジャシンダは遠い目をした。

「もうかれこれ一年前のことだ」

仙樹暦１０３６年とは、激動の一年だった。

ジャシンダ個人にとっても、メリシャント地方にとっても、そして、世界にとってもだ。

※

「姉さま、ドモス王国に行かれるというのは本当ですか？」

一年前のジャシンダは、メリシャント王国の首都クィンクエにいた。

彼女はメリシャント王国の筆頭家老の娘だったのだ。

当然、服装もいまとはまったく違う。貴族の娘らしい姫騎士の装いで、黒髪も櫛の跡が残るほどに綺麗に整えられていた。

ジャシンダが帰宅すると、どこからか噂を聞きつけたらしいキアロと同じ年頃の少年が駆け寄ってくる。

彼の名前はスクーロ。十歳ほども年の離れたジャシンダの弟だ。

「ああ、勅命だ。ドモス王国に援軍を要請する使者に選ばれた」

誇らしげに応じた姉に、弟は不安そうな顔をする。

「大丈夫なのですか？　ドモス国王ロレントという方は大変な好色漢だと聞きます。姉さまみたいな美人が出向いたら……」

「あはは、かの王は王女様マニアらしい。どこにでもいる平凡な貴族の娘になど食指は動かんだろうよ」

豪快に笑ってみせたジャシンダは、弟を安心させるために抱きしめてやる。

「あ、姉さま、やめて、苦しいよ」

姉の胸に顔を埋めた少年は、ジタバタと暴れる。

「あ、いいなぁ。わたしもスクーロくんをギュッと抱きしめたい」

そうのたまったのは、ジャシンダと同年代の淡い金髪の女だ。

女としては中肉中背。知的な顔立ちながら、常に優しい笑みを湛えている。聡明で落ち着いた大人びた女性だ。

ジャシンダはスクーロを抱いたまま、金髪の女に背を向ける。

「ダメだ。おまえは触れるな。スクーロが穢(けが)れる」

「ひど〜い」

笑いながら不満を述べた彼女の名前は、ルーゼモニアといって、ジャシンダの副官だ。

もともと山犬傭兵団という傭兵だったのだが、力量を見込んでジャシンダが引き抜いた。

個人の武芸はもちろん、統率力にも優れる。騎士としての力量は、自分よりも上だと、ジャシンダも内心では認めている。

そのうえ料理なども、そつなくこなせる万能な女性で、当然ながら男にもモテた。おそらく、メリシャント王国の騎士たちに、お嫁さんにしたい女ランキングをつけさせたら、トップになるだろう。

決して身持ちの悪い女ではないのだが、そういうモテモテなところがジャシンダの癇に障る。

愛しい弟が惚れる可能性のある魅力的な女性ということで警戒しているのだ。

「まったく、スクーロくんも大変ね。こんな小姑がいたら、お嫁さんも逃げていくわよ」

「いいんだ。スクーロの嫁はわたしが見つける」

大真面目なジャシンダの返答に、ルーゼモニアは苦笑しながら肩を竦める。

「姉さま、苦しいよ」

姉のわがままおっぱいに顔を塞がれたスクーロは、不満の声をあげる。

「あらあら、ジャシンダ、それくらいにしておきなさいって。このままじゃスクーロくんが女嫌いになってしまうわ」

その日、ジャシンダは、家族のほかに、遠い異国に出向く彼女の身を案じてきてくれた友人知人と食事をともにした。それはとても楽しい宴であった。

（あれがわたしにとって、最後の晩餐だった）

以後、ジャシンダは食事を楽しいとか、美味しいと思ったことはない。おそらく、生涯ないだろうと思っている。

当時、メリシャント王国を取り巻く環境は困難を極めていた。

仙樹暦1020年にドモス国王に即位したロレントは、世界征服戦争に乗り出し、瞬く間に、北陸を席巻した。

その勢いに震え上がったメリシャント王国の首脳陣は、ドモス王国に臣従する道を模索する。

そのために、王女シルヴィアを人質に出す。

ジャシンダの父などは、これは正しい判断だと信じていた。

しかし、これは思わぬ国の反発を呼ぶ。

すなわち、南の超大国オルシーニ・サブリナ二重王国だ。

仙樹暦1031年に、二重王国の王に登極したセリューンは、わずか四年で南国の国々を臣従させてしまったのだ。

その覇権の階梯を上る速度は、静かであり、恐ろしいほどに速かった。

ロレントのやり方が、諸外国を力ずくで攻め滅ぼしていったのに対して、セリューンのやり方は、既存の国家体制はそのまま維持し、表向き同盟という形で、勢力を広げていくものだった。また、このような曲芸が可能となったのは、皮肉にもドモス王国の所業に脅威を感じた国々が、防衛手段として纏まったからだろう。

それゆえに、メリシャント王国の身の処し方は、オルシーニ・サブリナ二重王国から目の敵にされた。

何よりも立地が悪かったのだ。

二重王国の中心たるオルシーニ王国と、メリシャント王国は国境を接している。こんな国がドモス王国の一部になられては、二重王国は喉元に刃を突き付けられたようなものだ。

「ドモス王国は、いずれ臣従した国をも滅ぼすぞ」

という強烈な揺さぶりをかけてきた。

ドモス王国は基本的に、同盟などを認めない。敵か味方かだけのごくシンプルな行動原理で動く国家だからだ。

このままドモス王国に臣従していて大丈夫なのか、いずれ二重王国の大軍に攻められるのではないか、そのときドモス王国は助けてくれるか、という不安が日に日に、メリシャント王国内に広がっていた。

同時に、ドモス王国のような野蛮な国よりも、二重王国のように文明的な国に頼ったほうが賢明なのではないか、という意見も湧き上がる。

そんな国内の二重王国派を抑えるためにも、ドモス王国から援軍を出してもらえないだろうか、という嘆願のために、ジャシンダは派遣されるのだ。

翌朝、城門の前でジャシンダは、家族、そして、友人知人と別れの挨拶をする。

「ルーゼモニア。留守は任せた」

ジャシンダとルーゼモニアはしっかりと握手を交わす。

二重王国の侵攻がいつ起こるかわからない時期である。有能な騎士をそうそう外国に出すわけにはいかない。

彼女には本国に残って募兵の仕事をしてもらうことになっていた。

「はい。スクーロくんのことは任されました」

「いや、おまえはスクーロに近づくな」

「まぁ、つれない」

姉と姉の友人の会話の意味がわかっていない少年は、心配顔で口を開く。

「姉さま、くれぐれもお気をつけて」

スクーロの杞憂を、ルーゼモニアは澄ました顔で笑い飛ばした。

「大丈夫よ。ドモス国王にも選ぶ権利はあるわ」

「なんだと！」

「あはは」

じゃれあっているところに、背は高く、胸板厚く、知性的な顔をした三十代半ばの堂々たる美丈夫がやってきた。

ジャシンダを始めとした、その場にいた人々はみな跪く。

「これはアーダーン閣下。わざわざのお見送りありがとうございます」

メリシャント王国にあってジャシンダの家と双璧をなす重臣の家の当主だ。

見るからに使える男という雰囲気であり、メリシャント王国を背負って立つ存在だと見る者に納得させる。

「ジャシンダ殿、気をつけて行って参られよ。あなたの双肩にメリシャント王国の未来がかかっている」

「はっ、この身に替えましても、必ずやドモス王国の援軍を連れて参りまする。安んじてお待ちください」

「これは頼もしい」

ちなみにアーダーンは、最近、妻を亡くしていた。

その後妻に、ジャシンダはどうだろうか、という話が上がっていることをジャシンダは知っていた。

と、このときのジャシンダは思っていた。

（まぁ、それも悪くないか）

家を弟が継ぐ以上、いずれ結婚しなくてはならないのだ。

特に好きな男がいるわけではない。自分のような立場の女が政略結婚をするのは当たり前だ。

国の筆頭家老の家の娘が、次席家老の家に嫁ぐのも、家中融和のために意味があるというのなら、謹んで拝命するつもりである。

それに同じ王国の重臣の子弟として、幼少期から知っている顔だ。剣の稽古(けいこ)をつけてもらったこともある。

国家にとって有能な男であることはたしかだし、それを支えることによって国に貢献するのも一つの道だろう。

（いずれにせよ、この任務が終わってからのことだな）

自分の未来よりも、国の未来を案じることを優先しなくてはならない。そういう立場に彼女はいた。

こうして、メリシャント王国を出たジャシンダは、二週間をかけてドモス王国の副都カーリングに入った。

ドモス王国のもっとも大きな都市がここであり、王妃アレクサンドラもここに常駐している。

ジャシンダは、まず自国の王女シルヴィアとの面会を求めた。

しかし、ここで思いもかけない報告を受ける。

シルヴィアが、ドモス王国から脱出しようとしたが、失敗。捕らえられた彼女は、妓楼に入れられたというのだ。

「なっ、なんだと……。なんでそんなバカなことを……」

事情を知ったジャシンダは、さらに絶句する。

なんと、メリシャント王国でクーデターが起こっていたのだ。

しかも、首謀者はアーダーン。

彼の手によって、ドモス派の王族重臣はみな殺されたという。

その中にはジャシンダの家族もいた。両親はもちろん、年端もいかない弟スクーロも含まれているという。

ジャシンダは信じられなかった。

この緊急事態にドモス国王ロレントが、メリシャント王国に親征するということを聞き、ジャシンダは志願する。

軍神と名高いドモス国王の動きは、さすがに素早く、電光石火で王都クィンクエを陥落させる。

ここでジャシンダは、変わり果てた家族の骸と対面した。

その死体は単に殺されていただけではなく、辱められていた。

辛うじて王都クィンクエを脱出したアーダーンは、オルシーニ・サブリナ二重王国の国王セリューンに援軍を要請。これに応えた二重王国は、メリシャント王国に親征を決行。

結果、メリシャント王国には、両軍合わせて十万を超える空前の兵力が集められた。

南北の超大国による総力戦が開始されたのだ。

この時代を代表する英雄たちが龍虎相搏つ決戦は、百日もの長きにわたった。

多くの人が死に、町が焼かれ、家屋が破壊され、畑が荒らされ、運河は壊された。

しかし、ここまでして決着はつかず、見かねた西国のイシュタール王国が仲介に乗り出したことで、和睦が成立する。

　この労多くして、益少ない戦役の終結に、両軍の兵士たちは、故郷に帰れると喜んだものだが、ジャシンダは納得できなかった。

「ふざけるな！　あなたたちはなんのために町を壊した！　山を焼いた！　橋を砕いた！　住民を殺した！　すべては勝つためだろ！　それをこんな中途半端な形で投げ出すなど、夜盗よりもたちが悪い！　世界の覇者たらんとするドモス王国の矜持（きょうじ）とはこの程度のものか！」

　直属の上官であったリンダ将軍に、盛大に罵声を浴びせたジャシンダは、その場で軍章を地面に叩きつけ、踏みにじってから脱走した。

（世界のことなど知ったことか！　そんなものはわたしの手に余る。しかし、アーダーン。貴様だけは許さん。刺し違えてでも、地獄に送ってやる）

　すべては、怨敵アーダーンを討つために捧げる。そう決意して旅をしている途中に、たまたま、キアロを助けたのだ。

※

「わかっただろう。わたしは、仇を討つために、ドモス軍の作戦に従ってこの国を破壊して回った。巡り巡っておまえがあんな連中に捕まったのはわたしのせいといえる」

　いつしか日はとっぷりと暮れていた。

夜空には皎々（こうこう）とした満月が昇っている。

「ジャシンダ……さん」

命の恩人であるお姉さんの壮絶な過去に、キアロは言葉もない。

「おまえが何を勘違いしたか知らぬが、わたしは悪い女だということだ。地獄に行くことは決定している。悪いことは言わぬ、明日にはわたしのもとから離れよ」

ジャシンダの告白は自傷行為に見えた。

キアロは痛々しいものを見るような気がしながらも、必死に言葉を紡ぐ。

「でも、ジャシンダさんがぼくの命の恩人なのは事実です。お手伝いさせてください。そのアーダーンってやつが、この国を、ぼくの国をこんな滅茶苦茶にした犯人なんですよね」

捨てられるのを怖がる子犬のような少年を前に、ジャシンダは苦笑した。

「物好きだな。まぁ、いいだろう。どんな状態でも人は食わねば生きていけぬ。本懐を遂げるまでは生きねばならんからな。飯を作ってもらえるのは助かる」

「ありがとうございます」

「せっかく川が近くにあるんだ。水浴びをしよう」

不意に立ち上がったジャシンダは、ごく当たり前に服を脱ぎだした。

「うわわわ、何をしているんですか？」

慌てたキアロは顔を背けるが、しかし、視線だけは白い肌に吸い寄せられてしまう。

（ジャシンダさん、おっぱいでっかい。おっぱいでっかい、おっぱいでっかい）

「服を着たまま水浴びをするやつはいないだろ」

動揺する少年に頓着せずに上半身裸となり、乳房を丸出しにしたお姉さんは黒いパンツを脱ぎながら応じる。

所詮は無力な子供、裸になっても難なく勝てる自信があるのだろう。人間、虫けらに裸を見られてもなんとも思わないものだ。

「そういえば、おまえ、洗濯もすると言っていたな」

「あ、はい」

「これを頼む」

満月を背にしたジャシンダは、脱いだ衣装をキアロに押し付けてきた。

「はう」

血糊と汗のついた汚い服であったが、綺麗なお姉さんの残り香のする温かい布は、少年にとって宝物よりも貴重なものに感じる。

剣呑な顔つきをしたお姉さんであったが、いかり肩をしていて、双乳は前方に大きく突き出している。腹部はくびれて、手足はスラリと長い。

抜群のスタイルである。

それでいて、股間を彩る陰毛は薄い炎のように逆巻いている。

（あ、毛がある）

女性のおっぱいが大きいのは、服を着た状態からも想像はついていた。しかし、つるつるに見えたお姉さんの肌に、思わぬ毛があることに、キアロは衝撃を受ける。

硬直しているキアロを他所に、ジャシンダは川の中へ入っていった。

膝の半ばまで川に入ったジャシンダは、水を掬い、全身にこびり付いた血糊を洗い流している。

腰はくびれているのに、尻はキュッと吊り上がっていた。

月明かりの中で水浴びをするお姉さんは、女神もかくやというほどに美しい。

呆然としているキアロに、一通り汗を流した女神さまが声をかける。

「おまえも身体を洗っておけ」

「え、でも……」

動揺するキアロに、ジャシンダは苦笑する。

「ガキが何を遠慮している。ほら」

川から上がってきたお姉さんは、動揺する少年を捕まえると無理やり服を脱がしにかかる。

「あ、やめて……」

抵抗むなしく、キアロは素っ裸にされてしまった。

「さぁ、よく洗え」

恥ずかしくて身を縮めるキアロを、ジャシンダは川に放り投げる。

ザブン！

水に潜ったキアロが溺れる前に、追いかけたジャシンダが左右の脇の下に手を入れて抱え上げる。

「あははは、昔はよくこうやって、弟のやつを風呂に入れてやったものだ」

弟との思い出を思い返したらしく、先ほどまでの険しい顔とは打って変わって、ジャシンダは明るい笑顔になっていた。

一方でキアロの瞳はグルグルと渦を巻いている。

なぜなら、両の目の直前には、それぞれピンク色の乳首があった。

（ジャシンダさんの裸、おっぱい、乳首……乳首……乳首……）

綺麗なお姉さんに、裸で抱きかかえられているのだ。青少年には目の毒以外の何ものでもない。

「はわぁぁぁ……」

不意にキアロは気の抜けた嬌声をあげた。

それと前後して、ビュッと熱い液体が、ジャシンダの太腿から下腹部、臍、胸元、喉元、そして、顔にかかった。

「なんだ？」

戸惑ったジャシンダは、キアロから右手を離し、自らの顔を拭った。

掌を見ると、ヌルッとした白いものが付着している。

それから改めて見下ろすと、少年の股間。毛の一本も生えていない、まるでマッシュルームのような小さな肉塊が健気に隆起していた。

その完全なる包茎の先端から白い液体がダラダラと溢れ出している。

ひくっ！

頬を引きつらせるジャシンダに、キアロは涙ながらに訴える。

「ぐすん……。おしっこをかけちゃってごめんなさい。でも、止まらないんだ。ぼく、病気なのかな？　もうすぐ死んじゃう？」

少年は自らの肉体に起こった生理現象を理解していなかったが、二十歳の女は理解できた。

精通したのだ。

ジャシンダの全身がワナワナと震える。

「ったく、久しぶりに弟を思い出して、気分がよかったというのに……汚らわしい」

「ご、ごめんなさい。ゆ、許して、許してください」

夜の川の中、白面の綺麗なお姉さんの三白眼で見下ろされた少年は、芯から震え上がった。しかし、逸物だけは元気にそそり立ち、白い液体を垂れ流し続けている。

その慌て怯えている少年の様子を能面の顔で見下ろしていたジャシンダは、やがて諦めの吐息をつく。

「はぁ〜、病気ではないから、安心しろ。こっちにこい」

キアロの手を引いて川岸に上がると、そのまま仰向けに寝かす。

そして、その足下に立ったジャシンダは、左足を踏み出した。

フミ！

少年の健気に勃起していた逸物が、お姉さんの足の裏で踏まれて下腹部にくっつく。

「ひぃぃ、ごめんなさい。ごめんなさい。ごめんなさい、はぁひぃぃぃぃぃ」

綺麗なお姉さん。それも素っ裸のお姉さんに急所を押さえられた少年は、もはや身動きを取ることができない。

夜の闇、大きな銀色の月を背負ったジャシンダは酷薄に笑う。

「いま、毒を全部、抜いてやる」

そう宣言すると同時に、右手で黒髪を掻き上げたお姉さんは、左手を腰にあてがいながら、足下の逸物を扱き始めた。

「はぅ」

今日、出会ったばかりの初恋のお姉さんに逸物を踏まれて、精通したばかりの少年は腰を突き出した形で弓なりにのけぞった。

ドビュッ！

ジャシンダの足の裏から、濃厚で大量の白濁液が溢れた。

「あわわ、ジャシンダさん……」

「ったく、スクーロと似ていると思ったが、全然似てないな。スクーロはこんなだらしないおちんちんはしていなかった」

ジャシンダの右目からは青白い炎が噴き出ているかのようだった。

全裸で、大きな二つの乳房が揺れている。引き締まった腹部。その下の濡れた陰毛。左右に張った腰。むっちりとした太腿。

それは美しい死神の裸体を見ているかのような気分にさせられる、ゾクゾクするような光景であった。

そして、シコシコと逸物を踏み扱かれるのだ。

ブシュッ！　ブシュッ！　ブシュッ！

小さな逸物は、壊れた蛇口のように白濁液を溢れさせた。

「はわわわ……。おちんちんが、身体が、溶ける。溶けちゃうよ〜〜〜。や、やめて、やめて、ください。ああ、そこ、変なんです。なんか、し、死ぬ、死んじゃう、死んじゃいそうでぇぇぇ」

綺麗なお姉さんの素足による電気按摩は、精通を迎えたばかりの少年にはあまりにも刺激が強すぎた。

全身をガクガクと痙攣させながら何度も射精し、ついには白目を剥いてしまう。

その時間は悠久とも思えたが、いくら無限の性欲のあるお年頃とはいえ、一度に出せる液量には限界があったようだ。

「ふぅ～、どうやら治まったな」

一仕事終えたジャシンダは、満足の吐息とともに足を引いた。

ヌチャーと、足の裏から白濁液の糸が引く。

あらわとなった逸物は、ミミズの死体のようになっている。

「……」

限界まで搾り取られてしまった少年は、文字通り気絶してしまったようだ。

おそらく、今日はいろいろありすぎて、疲れも溜まっていたのだろう。

「まったく、男の子というのは面倒臭いな」

呆れた表情になったジャシンダは、馬の背から毛布を取り出して身体を拭いてやる。

「風邪をひかれても困るからな」

キアロの寝顔を見ながら、ジャシンダはふと考える表情になる。

「スクーロが生きていたら、こいつみたいにおちんちんを大きくして、精液を溢れさせせていたのだろうか？」

最愛の弟は、おそらく精通を迎えることもなく亡くなったのだろう。

そう思い至ったとき、涸れ果てたと思っていたジャシンダの涙が一筋溢れた。

※

荒涼たる世界の片隅で、天涯孤独な少年と、復讐しか残っていない女が出会った。

それは雄大な歴史の流れの中にあって、取るに足らない出来事のはずである。

第二章　女たちの挽歌

「……あの、ジャシンダさん、その……昨晩はごめんなさい」

日の出とともに目を覚ましたキアロは、ジャシンダが目を覚まさないように注意しながら身を起こすと、朝食の準備をした。

できたと同時にジャシンダは身を起こしたから、寝たふりをしながら待っていてくれたのだろう。

ともに朝食を摂りながら、キアロは恐る恐る謝った。

「気にするな。犬の発情期と同じだ」

素っ気なく応じたジャシンダは、手早く食事をかき込むと、川の水で顔を洗ってから何事もなかったかのように旅を再開する。

キアロは、食器一式を慌てて馬の背に乗せて、おっかないお姉さんについていく。

(敵討ちの旅をしているのはわかったけど、仇のいる場所は知らないんだよな。いったいどこに向かっているのだろう？)

気にはなるが、聞いたところでキアロに選択肢があるわけではない。自分にできることは、日に三度の食事の準備と、夜の洗濯だけだ。

そう自分に言い聞かせながら、キアロは不愛想なお姉さんとの旅を続けた。

「……」

ジャシンダは極端に無口であり、キアロの存在など意に介していない。遅れたらそのまま置いていきそうな雰囲気である。

その背にキアロは必死に食らいついていく。

(それにしてもジャシンダさんの裸、綺麗だったなぁ。ヤバい、思い出したらまたおちんちんが大きくなってきた。ジャシンダさんにバレたら殺される)

昨晩の恐ろしい足コキ体験を思い出して、キアロの背中は寒くなると同時に、少しだけ、またやってもらいたいな、という甘い欲望が胸の奥でくすぶる。

太陽が大きく西へ傾いた。そろそろ足を止めて、夕食の支度をしたい。

暗くなってからだと、食料の調達は面倒だし、調理も難しいからだ。

ジャシンダが足を止めるのを待つか、それとも自分から提案するかと悩み、キアロがそわそわしだしていたときである。

前方から旅人がやってきた。

カーキ色の外套を頭部からすっぽりとかぶって、よろよろと歩いている。

(今日、初めて会った他人だ)

超大国の緩衝地帯となり、まともな国家機構のないこの地方で、観光旅行を独りでする者はいないだろう。国を捨てて逃げ出そうという、難民なのだろうか。

好奇心を刺激されたキアロは、その通行人をじっと観察していた。

「よい旅を」

すれ違うとき、キアロは軽く声をかけた。

「……」

返事はなかった。ジャシンダも傲然と無視している。

そして、すれ違った次の瞬間である。

ブワッ！

カーキ色の外套が翻り、何やら蔓のようなものが唸りを上げて飛び出した。

「危ない！」

キアロがとっさに反応できたのは、この旅人に注目していたからだろう。

ジャシンダの前に、身を盾にして飛び出す。

「邪魔だ」

子供の手首ほどもあるような蔓に身体を打たれる寸前、キアロは背後からジャシンダに蹴り飛ばされた。

バチン！

ジャシンダが抜刀した刀剣が、紫色の蔓を弾き飛ばす。さらにジャシンダが斬り込むと、カーキ色の外套を纏った旅人は大きく飛び退いた。

ざっ！

砂煙を上げて、大地に跪いたカーキ色の外套を纏った者は、右手に蔓。いや、鞭を持っていた。

「あらあら、色小姓を連れて旅だなんて、さすがに貴族のお嬢様は違うわね」

その嘲笑は低音の女の声だった。頭部をすっぽりと覆う外套から口元が覗いている。褐色の肌に肉感的な唇。そこにはべっとりと紫色の口紅が塗られていた。

「……」

ジャシンダは応答もせずに、左手を横に払った。

ブワッ！

黒い炎が壁のように噴き出し、謎の女を襲う。

謎の女は慌てて、バック転しながら距離を取るが、外套に火がついた。

「ちっ」

鋭く舌打ちをした女は、右手で外套を脱ぎ捨てる。

「っ⁉」

中からあらわとなった姿を見て、キアロは唖然としてしまった。

それは大柄な女だった。年の頃は二十代の後半から三十代といったところだろうか。

短く切りそろえられた銀糸のような短髪と、褐色の肌とのコントラストが印象的だ。胸は大きく前方に突き出し、腹部はくびれ、臀部は吊り上がり、太腿は張っている。鍛え抜かれた戦士の身体だ。ダイナマイトバディと例えるのがふさわしいだろう。

なぜそこまでスタイルがわかるかといえば、水着よりも布地の少ないバトルスーツを着ているためだ。

ハイレグ部分の切れ込みが激しく、後ろから見たらお尻が丸出しである。さらに太腿の半ばまで、目の粗い網タイツを穿き、それを黒いガーターベルトで吊るしているのだ。

動きやすさを極限まで追求した結果なのかもしれないが、痴女と呼ばれても反論できないような装いだ。

しかし、そんな装いなどジャシンダは一顧だにせずに質問する。

「アーダーンの手の者だな」

銀髪を軽く右手で払った女は、左腕を横に翼のように広げて悠然と一礼する。

「はじめまして、と挨拶するべきかしら？　アーダーン卿が配下の隠密が一人サスキアと申します。とはいえ、お嬢様はあたいのことなんて知らないでしょうけどね。あたいはよく知っているわよ。メリシャント王国の筆頭重臣、東の家のお姫様。人呼んで怪鳥ジャシンダさま」

人生経験の乏しいキアロは、人を見る目に自信がない。

しかし、一目見て思った。油断のならない女だ。その身に纏うのは世慣れた歴戦の傭兵。どんな汚れ仕事でもする。悪女という雰囲気が濃厚だ。

（この人、ジャシンダさんを殺すつもりだ）

それはキアロにもわかった。ピリピリするような緊張で空気が張りつめている。肌が粟立つ。

「ぷっ」

不意にジャシンダは噴き出した。

（……え？　このタイミングで笑う）

キアロは意味がわからず、敬愛するお姉さんを見る。

ジャシンダの笑い声は少しずつ大きくなっていき、ついには腹を抱えて笑いだした。

「うふふ、あははは、きゃっははは」

狂笑を張り上げるジャシンダの姿に、キアロは困惑したが、それはサスキアと名乗った女にとっても同じだったようだ。

不快げに吐き捨てる。

「……なんだい？　恐怖で発狂したというわけじゃないわよね」

涙を流しながら爆笑していたジャシンダは、片手で押さえるようなジェスチャーをする。

ようやく落ち着いたジャシンダは、笑いすぎて溢れた涙を目元から拭うと一転、すっと醒めた表情になる。

「これは失礼した。いや、待っていたぞ」

「待っていた？　あたいをかい」

怪訝（けげん）な顔をするサスキアに、ジャシンダは大きく頷く。

「ああ、一日千秋の思いでな。どこでも構わずアーダーンの名を出していれば、必ずだれかがやってくると思っていた。そして、ついにおまえが釣れたというわけだ」

「……」

自分が招き寄せられたという可能性をまったく考慮していなかったのか、サスキアは一瞬、意表を突かれた表情を浮かべたが、すぐに憎々しげな表情を作る。

「なるほど、世間知らずなお嬢様なりに、ない知恵を絞ったってわけかい」

「そのお嬢様の浅知恵に釣られて出てきたおまえは、それ以下の存在ということだぞ」

嘲笑たっぷりの反論を突き付けられて、サスキアは酢を飲んだような顔になる。

普段無口なわりに、どうやら、ジャシンダは意外と口が達者だったらしい。

形勢不利と思ったのか、サスキアは話題を変えた。

「メリシャント王国は、二重王国に合力することを決めた。それなのに国を裏切りドモス王国に協力した挙句、そこも独り脱走して、いまさら何をするつもりかしら？　まさか若さしか取り柄のない身体を使って、アーダーンさまに取り入ろうとでもいうのかしら？」

両目を見開き、反りかえったジャシンダは左手で額を押さえた。

「ったく言うに事を欠いて、わたしがアーダーンに取り入る？　わたしの両親を、弟を、一族を殺した男にか」

その静かな怒気にあてられたサスキアは、褐色の頬に軽く汗を流しながら確認を取る。

「まさかとは思っていたけど、独りでアーダーンさまを殺すつもり？」

「それ以外に何がある。いまさらドモス王国だ、二重王国だなどとわたしには関係ない。アーダーンは殺す」

迷いのないジャシンダの宣言に、サスキアはあきれ果てたといった様子で首を横に振る。

「筆頭家老の娘だったというのに、刺客の真似事だなんて、ずいぶんと落ちぶれたわね。それにたった一人で、二重王国からメリシャント王国の方面軍を任されているアーダーンさまを殺そうだなんて正気の沙汰ではないわ。これだから世間知らずなお姫様は、底抜けにめでたいのよ」

「忍び風情の見識など知ったことか。いいからかかってこい。安心しろ、殺しはしない。せっかく手に入れた手がかりだからな」

顎を上げたジャシンダは、左手を差し出して手招きをする。その文字通りの上から目線に、サスキアは完全に逆上した。

「これだから貴族のお嬢様は、いけ好かない。本気であたいに勝てるなんて思っているのかい！　百年早いよ」

怒気とともに、サスキアは右手首を翻した。

ビュンッ！

空気を切り裂いて、鞭が襲った。

ジャシンダの刃が弾く。しかし、鞭は唸りを上げて四方八方から襲う。

「ちっ」

ジャシンダの持つ刀剣と、サスキアの持つ鞭では間合いが違う。

女剣士は一方的な防戦に回された。

襲い来る鞭をジャシンダは寸前で躱（かわ）すが、肩の布が裂ける。

「ジャシンダさん！」

見ていたキアロが悲鳴をあげる。

鞭が当たるたびに、ジャシンダの纏う衣服は裂けた。赤いシャツが裂けて、白い大きな乳房が露出する。

しかし、肌には傷がついていない。身体の表面に魔法障壁を纏っているのだ。

女戦士がビキニアーマーなどで肌を露出していても、問題ないのはこの魔法があるからだ。

とはいえ、何度も打撃を受けていれば、いずれ魔法障壁の耐久力も限界を迎える。

「ほら、どうしたお嬢様。あたいは昔からあんたが嫌いだった。生まれがいいだけで、アーダーンさまに贔屓(ひいき)されてね」

「ふっ、おまえ、あんな男に惚れていたのか。もしかして、あいつの女か。ふふふ、これは思いのほかの拾いものだな。決して逃がさん」

バチン！

宣言と同時にジャシンダは左手で、襲い来る鞭を掴(つか)んだ。

「っ」

岩を砕くような一撃だ。手の骨が折れてもおかしくない。いや、折れたのではないだろうか。

しかし、ジャシンダは鞭を手の甲に巻く。そして、そのままサスキアに向かって疾走した。

「貴様っ⁉」

サスキアは慌てて鞭を手放して、他の暗器のようなものを取り出そうとしたが、それを剣の一閃で弾き飛ばしたジャシンダは、左膝でサスキアの腹部を打ち据えた。

「ぐはぁっ！」

派手なボンデージ戦装束の美女は、身体をくの字に曲げて、大きく開いた口から、涎(よだれ)を噴きながら吹っ飛んだ。

　サスキアは無様(ぶざま)に大地を転がりながらも、即座に受け身を取って立ち上がった。さすがは戦忍と称賛するに足りる動きであったが、顔を上げた瞬間に、その顎をジャシンダの右足が蹴り上げる。

　顎を打ち抜かれたサスキアは、そのままノックアウトされてしまう。

「ジャシンダさん、大丈夫ですかっ⁉」

　駆け寄ったキアロは、衣装のほとんどを破かれたジャシンダのもとに駆け寄る。

「問題ない。それよりも、この女を縛り上げる。手伝え」

「あ、はい」

　左手に巻かれた鞭を解き、治癒魔法をかけつつジャシンダは、無様に気絶している刺客の縛り方をキアロに指示した。

※

「気がついたか」

　日が暮れて、キアロが夕食の準備をしているときに、虜囚となっていたボンデージ女忍者は、瞼を開く。

　サスキアの目に映ったのは、満月を背に、酷薄な表情で見下ろす黒髪の女の顔であった。

「はっ」

とっさに状況を悟ったのだろう。サスキアは手足を動かそうとして失敗した。

失神している間に拘束されていたのだ。

両手足を左右に広げた状態で、四肢を縛られていた。すなわち、右手首と右足首、左手首と左足首を結ばれていたのだ。

仰向けに寝た状態で、両足をＶ字に開かれた状態で固定されていた。

女にとって屈辱的な姿勢であることに議論の余地はないだろう。

「貴様、なんのマネだ！」

さすがに焦った顔で怒鳴るサスキアに、ジャシンダは冷淡に告げる。

「さて、アーダーンの居場所を吐いてもらおうか？」

「あたいが口を割ると思っているのかい」

サスキアが憎々しげに応じた直後に、ジャシンダは両手で持っていた剣の切っ先を垂直に振り下ろした。

ザク！

サスキアの右頬の横の大地に刺さる。

「……」

いかに図太そうな女といえども、さすがに息を呑み、頬に冷や汗が流れる。

そのさまを見下ろしながら、ジャシンダは剣を持ち上げた。

「殺生与奪の権はわたしにあるんだ。そのことを自覚しろ。では、もう一度聞こう。アーダーンはどこだ？」

「……殺せ。任務に失敗した忍びが死ぬのは当然のこと」

サスキアの虚勢に、ジャシンダは冷笑で報いる。

「忍び風情が殊勝なことをいう。しかし、せっかく掴んだ手がかりだぞ。殺すはずがあるまい。どんな手を使ってでも吐かせる」

「拷問でもしようというのかい？」

サスキアの挑発に、ジャシンダは真面目に頷く。

「ああ、そうだ。どんな勇者であろうと、英雄であろうと、拷問には耐えられぬ。そんなことはおまえが一番知っているんじゃないのか」

「……」

忍び、それもサスキアのようなやり手の忍びが、拷問を行ったことがないとは思えない。

押し黙る虜囚に向かって、静かな怒気を湛えたジャシンダは淡々と語る。

「まして刺客風情が、どこまで耐えられるかな」

その嘲笑に、サスキアの目に殺気が籠もる。

サスキアの戦闘力は、決して低いものではなかった。あれだけの体術を身に付けるためには、血の滲む（にじ）ような修練をしたはずである。それを腐さ（くさ）れては、怒るのも当然だ。

「そうだな。まず耳を切り落としてやろうか、それとも目を潰されるのが好みか、あるいは指を一本一本、切り落とされるのが望みか。痛みに耐えきったのなら、次は糞を食わせてやろう。貴様は糞を食ってまで主君に忠誠を誓う覚悟があるのか」

「……」

サスキアはもはや反論しなかった。

相手が本気であることを理解したのだ。いや、理解せざるを得なかった。

見下ろすジャシンダの目からは、青い炎が噴き出ているかのようであった。ようやく手に入れた手がかりである。すべてを引き出そうという気合いで集中しているのだ。

温度は高くはないが、静かにメラメラと燃えている。

その気合いに、さすがのサスキアも呑まれた。

「では、まず目からだ」

逆手に持ったジャシンダの刀剣の切っ先が、仰向けのサスキアの左目の上に添えられる。

いままさに凄惨（せいさん）な拷問が開始されようとする寸前で、キアロが叫んだ。

「ジャシンダさん！」

「……なんだ？」

ジャシンダは静かに振り返る。その壮絶な覇気に呑まれながらもキアロは訴えた。

「そ、そういうことはやめたほうが……いいと思います」

「なぜだ？」

その迫力に怯えたキアロは、涙目になりながら必死に応じた。

「その……なんというか、上手く言えないんだけど、ジャシンダさんのほうが傷付きそうで……」

ジャシンダが、復讐できるなら自分の命など惜しくない、と考えているのは確実である。

本懐を遂げるためならなんでもするだろう。しかし、非人道的な行為をすればするほどにジャシンダの心が傷付き、壊れていくように思えるのだ。

「おまえは優しいな。スクーロも優しかった」

剣をサスキアの目の前に翳したまま、ジャシンダは夜空に浮かんだスーパームーンを見上げて遠い目をした。

「そういえば聞いていなかった。おまえは先ほど、身を挺してわたしを守ろうとしたな？……なぜだ」

「だ、だって、ジャシンダさんはぼくの命の恩人だし……」

言語化すれば、初恋の人だから、ということになるのだろうが、キアロはまだその自覚をしていなかった。

「まぁ、いいだろう。おまえに免じて、拷問はしない」

「ありがとうございます」

ジャシンダはサスキアの目の上から刃を引いた。自分の意見を受け入れてくれたことに、キアロは感動する。

「オバサン、よかったですね」

「うっ」

自分を拷問から救おうと骨折ってくれた純真な少年に悪気なく、ごく自然にオバサン呼ばわりされたサスキアは、ショックを隠し切れずに呻(うめ)いてしまった。

キアロは気づかなかったが、ジャシンダにはわかったようで口元に楽しげな笑みを閃かせる。

「たしかに、この手の女は身体的な虐待では口を割りそうにないからな」

「ふっ」

その決断に、サスキアは嘲笑を浮かべる。

所詮、お嬢様に拷問は無理だと小ばかにしたようだ。

ジャシンダは意に介さずに、自分を慕う少年を見る。

「おまえの言うことを聞くのだ、協力してもらうぞ」

「はい。ぼくにできることでしたら、なんでもします」

キアロは無邪気に応じる。

美しい復讐鬼は、満足げに頷く。

「よい答えだ」

月光を浴びながら、黒髪の女は吸血鬼のように笑った。

「昔、聞いたことがある。女は下の口を割れば、上の口も開くというのだ、と。幸いおまえは男だったな」

「？」

自分が男なのは当たり前である。いまさら何を確認しているのかわからずにぽぉ～としている少年を他所に、縛り上げられているサスキアが血相を変える。

「き、貴様、何を考えている！　こんな子供に何をさせるつもりだ⁉」

それを無視して、ジャシンダは命じる。

「キアロ、そこに座れ」

「はい」

指示に従ったキアロは、両足をV字に開いて、手首と足首を縛られているサスキアの股の下に正座した。

それを確認したジャシンダは、サスキアの頭の上から質問する。

「キアロ、おまえ女の裸に興味があるのだろう」

「そ、そんなことは……」

昨晩、ジャシンダの裸を見てなんだかわからないほどに興奮して、おしっこを漏らしてしまい、怒られた。

さらにお仕置きとしておちんちんを踏みにじられたのに、さらにいっぱいおしっこを漏らしてしまった恥ずかしい経験を思い出して、キアロは赤面してモジモジする。

それに対して、ジャシンダは能面のような顔で、声だけ優しく諭す。

「見せてやろう」

そう言うと同時に、ジャシンダの持つ刀剣が、サスキアの胸当ての中央を切った。

パツン！

内圧に負けて、胸当ては弾けるようにして失われた。

そして、さながら二つの大きな山のような乳房が夜の闇に出現する。

「な、何をするんですか？」

昨晩精通を迎えたばかりの童貞少年は、目の前に投げ出された乳房をまともに見ることができず、顔を背ける。

しかし、気になってしまい、横目でチラチラと見てしまう。

そんな少年の葛藤をジャシンダは嘲笑する。

「遠慮することはない。これは捕虜であり、肉便器だ」

「に、肉便器？」

言葉の意味がわからずきょとんしているキアロに、悪魔に魂を売ったという自負がある女は促す。

「ああ、好きにしていいということだ。ほら、見たいのだろ。じっくりと見るといい」

女悪魔の誘惑に負けて、キアロは恐る恐る眼下の褐色の美女の双乳に視線を向ける。

(うわ、おっぱいだ。ジャシンダさんのおっぱいより大きい。でも、ぼく、ジャシンダさんのおっぱいのほうが好きだな)

キアロは顔を上げた。そこには赤いシャツに包まれたジャシンダの乳房がある。

昨晩見たジャシンダの乳房とは色が違う。形も一回り大きい。

それに先端を彩る乳首の形も違うと思う。ジャシンダの乳首はサクランボのようであったが、サスキアの乳首はアンズのようだ。

不意にジャシンダと目が合った。

「何をしている。そのおっぱいに触っていいんだぞ」

「え、でも……」

「いいから触れ」

怖い声で命じられたキアロは、恐る恐る手を伸ばして、眼前の大きな乳房を、それぞれの手に取った。

「あん」

ビクンとサスキアは震えた。

「や、柔らかい」

その思いもかけない触り心地に、キアロは感嘆する。

(うわ、これがおっぱいなんだ)

好んで触りたかったわけではないが、一度手に取ってしまったらもう離せない。キアロは夢中になって揉みしだいてしまった。

「くっ」

少年の小さな手で乳房を揉みまくられて、サスキアは奥歯を噛みしめる。いつの間にか、両の乳首はともにビンビンに勃起していた。

「そんな触っているばかりではなく、おっぱいをしゃぶったらどうだ」

ジャシンダに促されたキアロは、むっとして顔を上げる。

「そんな、ぼくもう子供じゃないし……」

女性の乳房をしゃぶるのは、赤ん坊の所業である。そんなことは卒業したとキアロは言いたいのだ。

それと察したジャシンダとサスキアは、同時に目を剥いた。そして、二人ともなぜか慈母めいた笑みを少し浮かべる。

「くっくっくっ、いいからしゃぶれ。わたしの命令だぞ」

「は、はい」

不本意であったが、ジャシンダの命令は絶対である。

キアロはしぶしぶながら、サスキアの上に覆いかぶさり、左側の大きな乳房の頂を咥えた。


「あん」


拘束されているお姉さんが、ビクンと震えた。

一方、乳首を咥えたキアロは、理性が溶ける。

乳首から特に何か液体なり、気体なりが出ていたわけではない。しかし、なぜか少年の理性を崩壊させる謎の物質が出ているかのようであった。

両の乳房を小さな手で持ったキアロは、さながら飢えた犬が極上肉にでもしゃぶりつくがごとく、二つの乳首を夢中になって舐めしゃぶってしまった。


「あ、ちょ、ちょっと、坊や、そんなに強く吸われても、あたい、何も出ないわよ、ああ、ああん」


いかに不本意な状態での愛撫とはいえ、肉体の反射というものはある。

目を擦れば、充血して、涙が出るように、乳首を舐めしゃぶられれば、勃起して、感じてしまうのが女の身体だ。

大人の女は、性的知識などまるでないお子様に、両の乳首を執拗に舐めしゃぶられて、悩乱の声をあげてしまった。

　そんな無様な痴態を、ジャシンダは冷徹に見下ろしている。

「ああん、ああん、ああん、そんなに強く吸われたら、もう、もう、もう、ダメぇぇぇぇ」

　強気だった女も、執拗な乳首責めを食らってついには絶頂してしまった。それを見たジャシンダがようやく制止の声をかける。

「キアロ、もういいだろう。顔を上げろ」

「は、はい」

　もっとずっと乳房にしゃぶりついていたかったという欲求を振り切って、キアロは身を起こした。

「はぁ、はぁ、はぁ……」

　左右の乳首を少年の唾液で濡れ輝かせたサスキアは、無様に大口を開けて喘いでいる。

「どうだ。忍び。年端もいかないお子様におっぱいを舐められてイカされた気分は？」

「あ、悪趣味ね」

「わたしとしても、純真無垢な少年に、こんな穢れた女をあてがうのは心が痛む」

　嘲笑で応じたジャシンダは剣の切っ先を、サスキアのハイレグショーツの腰紐にあてがい、ブツリと切った。

　ふわっと銀色の陰毛があらわとなる。

　ただし、分量は多くない。おそらく、過激なハイレグショーツを穿くために整えているのだ。

　そのおかげで大事な部分を隠すこともない。

「キアロ、社会勉強だ。ここを開いてみろ」

　ジャシンダが剣の切っ先で指し示したのは、女の肉裂であった。

「え、あ、はい」

　キアロは戸惑いながらも、目の前に現れた女性の股の間に、両の親指をあてがい、左右に開いた。

　くぱぁっと女性の秘門が割れて、中からトロトロと蜜が溢れる。

「くっ」

　赤面したサスキアは、恥ずかしそうに顔を背けた。

　その姿をジャシンダは見とがめる。

「何を恥ずかしがっている。貴様ら女の忍びなど、男の前で股を開くのが商売みたいなものだろ」

「……」

　いまさらのように女としてのプライドを刺激されたのか、サスキアは女拷問官を睨む。

　肩を竦めたジャシンダは、キアロに声をかける。

「汚いオ◯ンコだろうが、好きにしていいぞ」

「す、好きにしろ、と言われても……」

開かれた美女の女性器を前に、途方に暮れているキアロの姿にジャシンダは苦笑する。

「ああ、そうだったな。おまえは何も知らないんだったな」

ジャシンダは刀剣の切っ先を、開かれた女性器に向ける。

「ここらあたりに突起があるだろ。そこがクリトリスといって女の急所だ。そこを重点的に舐め、しゃぶり、吸い上げ、噛んでやれ」

「はい」

言われるがままにキアロは、眼下の股間に顔を近づける。

ぷ～んとかつて嗅いだことのない、甘く動物的な匂いが鼻腔を襲った。

(うわ、なんだ、この匂い)

それはさながら食虫植物に誘われる虫になったかのような気分であった。

甘い蜜の匂いに誘われたキアロは、V字開脚させられている肉感的な美女のこんもりとした鼠径部に顔を埋める。そして、初恋のお姉さんの指示通りに、陰核(いんかく)に向かって舌を下ろした。

ビクン
「ああ」

サスキアは甘い声をあげた。

それに驚いたキアロは上目遣いで、双子山の向こうにあるおっかないオバサンの顔を見上げる。

そうしながらも舌は、肉餡をペロペロと舐める。

特に甘くはないのだが、やめられないのだ。

「あ、あん、き、貴様、こんな子供にこんなことさせて恥ずかしくないのか」

手足を拘束されているサスキアは、頬を紅潮させながら頭上の女を睨む。

「わたしとて心が痛む。キアロにはもっとふさわしい女はいくらでもいるのに、こんなあばずれの汚いオ◯ンコを舐めさせるなど、拷問に等しいからな」

「くっ」

「キアロが哀れだと思うのだったら、素直にアーダーンのいる場所を白状しろ。それともおまえは、自分の子供のような年齢の少年に舐められるのが嬉しい変態か」

ジャシンダの嘲笑に、サスキアは血相を変えて反論する。

「あ、あたいはまだ三十だ。こんな大きな子供がいてたまるか」

「ふっ、初潮がきた頃に産んでいれば、キアロぐらいの子供はいる計算になるぞ」

冷笑を湛えたジャシンダの指摘に、サスキアは押し黙る。

「うふふ、キアロ、おまえの舐めている部分を噛め」

ガリ

初めての体験に視野が狭窄しているキアロは、ジャシンダに命じられるままに勃起した肉芽に向かって思いっきり前歯を立てた。

「はぁひぃ！」

女の急所を、美少年の小さな前歯で噛まれたサスキアは、大口を開けて、舌を出し、涎を噴きながらのけぞった。

同時にプシャッと熱い飛沫を、キアロの顔面に浴びせる。

「うわ」

驚いたキアロは顔を上げる。

その顔は、女の股間から噴き出した液体によってベトベトになっていた。

「……」

何が起こったかわからず呆然としているキアロに、ジャシンダは命じる。

「次はズボンを脱いで、おちんちんを見せてみろ」

「え？　で、でも……」

キアロはいまさらのようにズボンの中で逸物が痛いほどに勃起していることを自覚した。

ためらうキアロに、ジャシンダは冷たく命じる。

「わたしの命令だぞ」

「は、はい」

ジャシンダに逆らうなどという選択肢のないキアロは、慌ててズボンと下着を引きずり下ろした。

ブルンと跳(は)ね上がった逸物は、生っ白く、年相応の小枝の切れ端のような代物である。

それが先走りの液でドロドロに濡れていた。

「はぅ……」

性的な知識のない少年は、また失禁してしまったと思い恥じ入る。

しかし、昨晩とは違いジャシンダの眼差しは優しかった。

「おまえのその股間にそそり立つ棒を、目の前の女の股間にある穴に入れろ」

「き、貴様、こんな子供に本当にやらせるのか⁉」

サスキアは目を剥く。

「え、でも……」

性的な知識のない少年は、意味がわからず立ち尽くす。

「いいから入れろ」

「わ、わかりました」

覚悟を決めたキアロは、腰を進めて、サスキアの濡れた穴に添える。

「こ、ここ、かな？　あれ、よし、入った」

ズボリ

少年の未熟な生殖器は、三十路の成人女性の膣内へとあっさり呑み込まれた。

「はぅ！」

昨晩、精通を迎えたばかり。オナニーも知らない状態で、いきなり膣穴に入れたのだ。

逸物の先端から電流が流れてきたかのような衝撃を受けた。

ブル、ブルブルブルブルブル……

逸物の先端から流れた電流にも似た刺激によって、キアロは全身を震わせた。そして、気づいたときには、先端から熱い血潮を大量にぶちまけていた。

ドビュッ！　ドビュッ！　ドビュッビュッビュッ！！！

しばし放心していたキアロは、やがて涙目になりながらサスキアに謝罪する。

「あの……オバサン、ごめんなさい。オバサンの中でおしっこしちゃった……」

「か、か、かわいい」

強姦されたはずの女が、頬を染め、キュンッと胸をときめかせる。

「き、気にするな。坊やは悪くないわ」

「ありがとう。オバサン」

「あ、ああ……」

自分の上に覆いかぶさっている少年の顔を見て、サスキアの表情はいまにも蕩（とろ）けそうだ。

二人の間に、妙な絆が生まれようとしているのを見て取ったジャシンダが冷たく命じる。

「何をしている？　それは肉便器だと言っただろう。好きなだけ小便をぶちまけてやれ。休まずに腰を動かして、おまえのおちんちんでそいつのオ〇ンコをズコズコと掘れ」

「は、はい」

昨晩同様にキアロの逸物は、一度射精した程度ではまったく大きさを変えていなかった。指示に従ったキアロは腰を引く。

「はぅ」

生暖かく濡れた柔肉で肉棒を包まれている。それだけで頭がクラクラするほどに気持ちよかったのに、肉棒を動かしたらさらに気持ちよかった。

（はぅ、何この穴。ジャシンダさんの足で踏んでもらったときよりも、この穴におちんちんを入れているときのほうが気持ちいい。おちんちん全体が、ポカポカと温められて、溶けてしまいそうだ……）

そう思ったときには、再び暴発していた。

ドビュッビュッビュッ……

サスキアの体内に大量の熱い液体が溢れかえる。

あっという間の二連発。そのあまりの早漏ぶりにサスキアはいささか拍子抜けといった、あきれ顔になる。

キアロは再び泣きながら謝罪した。それでいて腰の動きはまったく止まらない。

「ご、ごめんなさい。またおしっこ漏らしてしまいました」

「だ、だから、気にするな。好きなだけあたいの中でおしっこをするといい」

「ありがとう。オバサン。オバサンのオ◯ンコの中すっごく気持ちいいんだ」

膣洞の中で肉棒を振るうあまりの気持ちよさに、すっかり夢中になったキアロは、ジャシンダの存在など忘れて、狂ったように腰を使う。その勢いにサスキアは悲鳴をあげる。

「ひぃ、ひぃ、ちょ、ちょっと速、そんなに素早く腰を使わなくても」

「オバサンのオ◯ンコの中で、おちんちんをズコズコするの気持ちいいんだ。イヤなの？」

涙目の少年を見たサスキアの顔はたちまちふやけてしまう。

「す、好きにしなさい。なかなか上手よ」

強姦されているというのに、サスキアは励ましの声までかけてしまった。

それに歓喜したキアロは、欲望のままに腰を使う。その動きは自然と慣れて、加速度的に素早くなっていく。

「気持ちいい、気持ちいい、気持ちいい、オバサンのオ◯ンコ、すっごく気持ちいいです」

あまりの気持ちよさに我を忘れたキアロの腰使いはすごい勢いだった。それは若く疲れを知らない少年ならではのものだったろう。まさに暴走だ。

当然ながら、その凄まじい腰使いに少年の逸物は耐えられなかった。

三度射精してしまう。いや、四度、五度、いやいや、連続してずっと射精しているような状態だった。しかし、いくら射精しても逸物の硬度はまったく変わらない。

ドビュッ！　ドビュッ！　ドビュッ！

「ひぃぃぃぃぃ」

失禁しているかのような大量の精液が、何度も膣内に注ぎ込まれる。それでいて腰使いは、まさに騎虎の勢いだ。少年の恥骨で、女性の恥骨が破壊されてしまいそうだ。

グチュグチュグチュ……

小さな逸物で膣洞をかき混ぜられ、男女の隙間から大量の白濁液が飛沫を上げて噴き出してしまっている。

短小包茎早漏のお子様ちんぽ相手に、最初は余裕ぶっていた刺客サスキアだが、何度も何度も膣内射精されているうちに余裕がなくなってきた。

「ウ、ウソでしょ、いま出したばかりじゃない。それなのにまたこんなに、いっぱい、溢れるくらい出すだなんて⁉　ウソ、何この子、いったい何発できるの」

それはさながらオナニーを知ってしまったばかりの猿も同じだ。キアロは夢中になって一晩中、休みなく腰を使っていた。

それを受け止める成人女性こそたまったものではない。

壊れた蛇口のような逸物で、連続十連発以上の膣内射精をされたサスキアは、ついに切れた。

「こんなの初めてぇぇぇ、ショタちんぽ、ちゅごいぃぃぃぃ。イっちゃうぅぅぅ」

登場したときには、恐ろしい百戦錬磨の女刺客という風格を湛えていた女が、いまやデレッデレに蕩けた。

「美少年ちんぽ、最高――――ッ！」

少年の終わりなき連続射精に合わせて、何度も絶頂したサスキアは、目から涙を流し、開いた口から舌を出す見事なアヘ顔を晒してしまった。

無限の性欲をぶちまけながら狂乱していた少年にも、終わりのときがくる。すべてを出し切り、精根尽き果てたキアロは、サスキアのおっぱいに顔を埋めたまま気絶するように眠ってしまった。

「か、かわいい……」

強姦された女にあるまじきことに、自分の上に乗り、乳房に顔を埋めて気絶している少年へ慈愛に満ちた眼差しを向けてしまう。

そこに冷酷な声を浴びせられる。

「どうだ？　お子様おちんちんにイカされる気分は」

我に返ったサスキアは、頭上から見下ろす女を見上げる。

「この子、どうするつもり？」

「さぁな。こいつが勝手についてきているだけだ」

ジャシンダの他人事のような言い分に、サスキアは怒気をあらわにした。

「おまえが、復讐のために自滅するのは勝手よ。しかし、そんなエゴに、こんな子供を巻き込むべきではないわ」

「……」

仰向けのサスキアと見下ろすジャシンダの視線がしばし正対する。

ややあってジャシンダは口を開いた。

「さて、改めて質問しよう。アーダーンはどこにいる？」

サスキアは諦めの吐息とともに口を開く。

「……サラマンカよ」

それはメリシャント王国にあって、交通の要衝にある都市であり、最大の経済都市だ。

いままで頑（かたく）なであったサスキアがなぜ口を割ったかはわからない。嘘の可能性は大いにある。しかし、さらに無駄な尋問を続ける時間はなかった。

「そうか」

ジャシンダがトドメを刺そうと刃を振り上げた。サスキアも覚悟をしていたのだろう。目を閉じる。

そこに、寝ているかと思えたキアロが、元気よく身を起こした。

「オバサン、ありがとう」

それからご主人様に向き直る。

「ジャシンダさんは、聞きたい情報は得たんでしょ。なら、もうこのオバサンに用はないよね。解放してあげようよ」

少し考える表情になったジャシンダだが、頷いた。

「よし、いいだろう。おまえの手柄だからな」

いつまでも女の体内から逸物を抜きたがらないキアロを無理やり引き剥がしたジャシンダは、サスキアの手足を固定していた荒縄をいったん解いた。

そして、今度は二本の立木に手と足を縛り付けた仁王立ちにしてやる。

「くっ」

腰が抜けるまでやられた直後だけに、サスキアの両足は内股立ちとなり、まるで生まれたての小鹿のようにプルプルと震えている。

「ああ」

絶望の声とともに、股から大量の白濁液が噴き出し、下半身を汚す。

膣穴に大量に詰まっていた濃厚精液が、重力に負けて溢れ出したのだ。

手甲と足甲のみ残して、あとは全裸で、下半身を精液で汚した女。だれが見ても陵辱されたあとに晒されたということがわかる痴態だ。

昼間現れたときは、あれだけ力強くカッコよかった美女が見る影もない。それだけに壮絶な被虐美がある。

　残念ながら芸術を愛でる趣味のないジャシンダは、軽蔑した眼差しで、濃厚な精液を垂れ流している股間に右手を伸ばすと、幾本かの陰毛に指を絡めて力任せに引き抜いた。

　ブチッ！

「くっ」

　顔を顰めるサスキアの鼻先に、ふぅっと、引き千切った陰毛が吹き付けられる。

「もし運よく仲間に救出され、アーダーンのもとに出られたのなら伝えておけ。近くジャシンダが命をもらうべく参上するとな」

　そう言い捨てたジャシンダは、もはや用はないとばかりに向きを変えて歩きだした。

「それじゃお元気で」

　プライドを根こそぎ折られて晒し者にされている褐色美女に一礼して、キアロも慌てて続こうとした。そこにサスキアは質問する。

「……坊や、なんでその女と一緒にいるの？　ご両親は？」

「ぼく、ジャシンダさんに拾われたんだ。お父さんお母さんはよくわからない。ちょっと前まで猟師のお祖父ちゃんと暮らしていたけど、死んじゃった」

　その無邪気な答えに、サスキアは痛ましげな表情を浮かべる。

「悪いことは言わないわ。その女についていってはダメよ。頃合いを見て逃げなさい」

「大丈夫だよ。ジャシンダさん、あ～見えても優しいんだ。それじゃバイバイ」

痩せた馬の手綱を引いた少年は、先を歩く死神を追いかける。

その後ろ姿を見送りながら、半裸で縛られているグラマラス美女は記憶を辿る。

「あの子、どこかで……」

第三章　復讐鬼の素顔

「動くな。この小僧がどうなってもいいのか！」

キアロを後ろから羽交い締めにし、首元に匕首を添えた男が立っていた。

それは歴戦の傭兵と思える男たち六人と、ジャシンダが戦っている最中である。

激しい戦闘の中、それを横目で見たジャシンダは立ち尽くす……こともなく、有無も言わせずに間合いを詰める。

その迷いのない動きに、人質を取っていた男のほうが驚いてしまう。

一瞬のためらい。その差が勝敗を分けた。

秋水の刃は、横に一閃。キアロの頭上で、刃を持った男の目から上が斬り飛ばされた。

盛大に血飛沫と脳髄がまき散らされる光景を目の当たりにして、あたりにいた傭兵たちは絶句する。

「バカな！　仲間の命をなんとも思っていないのか⁉」

「それもあんな幼子を……」

非難の声を浴びて、血剣を振りかぶったジャシンダは、蒼い瞳から冷たい炎を溢れさせつつ、口元に酷薄な嘲笑を閃かせる。

「幼子を人質に取るようなやつらに非難される謂れはない！」

相手の動揺を誘うことに成功したジャシンダは、その流れのままにバッタバッタと斬り殺していく。

それはさながら死を告げる怪鳥のようであった。

戦いや殺戮を楽しんでいる雰囲気はない。身を削るように、自らの命を燃やしながら戦う、凄絶なまでの狂気。

「この女……死神だ」

人を殺すことになんの感慨も持っていないように感じられる女の姿に戦慄しつつ、最後の一人も剣下に沈んだ。

戦いが終わり、合計七つの死体が横たわる壮絶な光景の中、立ち尽くしたジャシンダは吐き捨てる。

「おい。ガキ、まだ生きているか」

「あ、はい。ぼくは大丈夫です」

死体を押し退けて、血まみれのキアロはよろよろと立ち上がる。その光景を見てジャシンダは口角を上げた。

「しぶといな」

その凶悪な外面とは裏腹に、ジャシンダは内心で安堵のため息をつく。

しかし、直後に自分の心の動きに苛立ちを覚えた。

(こいつはスクーロではない。いちいち気を取られてどうする)

今回は見捨てることができたが、ためらったら自分のほうが死んでいたのだ。

(こいつはペットみたいなものだ。いや、犬猫よりも気に留めるな。気を置けばそれは弱点になる)

必死に自分に言い聞かせているジャシンダを他所に、信頼しきっている顔のキアロが提案してくる。

「そろそろ昼食の時間ですけど、ここで食事っていうのは、風情がなさすぎますよね。場所を変えませんか？」

「ああ……そうだな」

ジャシンダは死体の服で剣の血糊を拭うと、鞘にしまう。

適当に移動した二人は湖の畔にたどり着いた。

血糊を湖で流してから、キアロは甲斐甲斐しく食事の用意を始める。

その光景を、芝桜の上に腰を下ろしていたジャシンダは、ぼんやりと見つめていた。

木の器に盛られた山菜のスープを受け取ったジャシンダは、ぼそりと口を開く。

「わたしは人質に取られたおまえを見捨てた。何か感じるところはないのか？」

珍しくばつが悪そうな雰囲気を出しているジャシンダに、キアロはあっけらかんとした顔で応じる。

「もともとそういう約束だったでしょ。足手まといなら置いていくって」

「ああ、そうだ」

一言言ってジャシンダは黙々とスープを飲んだ。

相変わらず美味しいとも不味いとも言わない。彼女にとって食事とは栄養補給以上のものではないのだ。

いつものことなので、キアロはなんとも思わない。ジャシンダと一緒にいられるだけで幸せだ、といわんばかりの態度だ。

食事が終わると、キアロは食器を洗い、馬の背にしまう。

そのとき、キアロの足がフラリと崩れた。反射的にジャシンダが支えてやる。

「怪我をしていたのか？」

「いえ、そうではないんですけど、ちょっと疲れたみたいで……でも、大丈夫です」

大人たちの死闘に巻き込まれたのだ。肉体的にも精神的にも疲労困憊していて当然だ。

急速な眠気が襲ってきているのが見て取れる。

「とても大丈夫には見えんな。休んでいろ」

「大丈夫です。ぼく、ジャシンダさんについていけます」

必死の形相になったキアロは、ジャシンダの赤い服を掴む。

どうやら、寝ている間に置いていかれると心配しているようだ。それと察したジャシンダは努めて優しい声を出す。

「心配するな。どこにも行かない。わたしも疲れた。もう少し休んでいこう」

「はい。ありがとうございます。絶対に置いていかないでください……ね」

確約をもらったキアロは、安堵から眠気に耐えられなくなったらしい。そのままジャシンダの胸に倒れ込むようにして、眠りに落ちてしまった。

「まぁ、今日はもう襲撃もないだろう」

自らも疲労を感じたジャシンダは、改めて芝桜の上に腰を下ろした。

キアロはジャシンダの右胸を枕にして眠っている。

「すー……すー……」

本当に体力の限界だったようで、ちょっとやそっとでは起きそうもない。

そんな少年の肩を右手で抱きながら、その寝顔を見下ろしたジャシンダは苦笑する。

「まったく、どうしてわたしなんかに、ここまで懐いたのかな、このガキは……」

乾燥させた麦藁のような頭髪の匂いを嗅いで、ジャシンダはいまさらながら罪悪感に襲われていた。

「わたしなんかについてきても、いいことなんか何もないのに……」

寂しく自嘲したジャシンダは、自分の未来を他人事のように予想している。

仇であるアーダーンを殺す。それは言うは易しというものである。

なにせ世界を二分するような超大国オルシーニ・サブリナ二重王国からメリシャント地方の総督を任されているような男を、単身で殺しに行くのだ。

よほどのことがないと無理だ。普通なら返り討ちにあう。

現に刺客が放たれ、賞金首にもなっているようだ。

ジャシンダがたった一人で、敵地に潜入して本懐を遂げると告げたとき、みなが不可能だと言った。無駄死にするだけだと真剣に止められたものだ。

そんなことは言われるまでもなく、ジャシンダにだってわかっている。

しかし、人間にはどうしても抑えられぬ憤怒というものがあるのだ。

両親、弟、一族郎党はもちろん、主君も殺された。たった一人残された主筋の姫君は娼婦に堕とされている。故郷は灰燼となった。この不幸の元凶になった者がのうのうと暮らしている。

そんなことが許されるのだろうか？　考えただけで腸（はらわた）が煮えくり返って、身が焼ける思いなのだ。

自分の命一つ差し出すだけで願いが叶うなら、残酷な神だろうと、慈悲深い悪魔だろうと、なんでもいい、喜んでくれてやる。

残念ながら、そんな便利な超越者の知り合いを持たぬ身としては、自分でやるしかない。

不可能を可能にしようというのだ。自分の命を捨てる覚悟ぐらいはしている。相打ちになれれば本望だ。

名誉も、金も、愛も、仲間もいらない。ただ欲しいのは憎き仇の命だけだ。そのためならなんでもやる。

「だからわたしは、こんなにも慕ってくれている子供であろうと、容赦なく見捨てる」

先ほどキアロの喉元に突き立てられた匕首。それを見てもジャシンダは一切の躊躇(ちゅうちょ)なく動けた。それどころか、キアロを抱きしめているがゆえに、動きが制限されてチャンスだとさえ思った。

いまさらのように罪悪感が、冷徹な復讐鬼たらんと欲する女の心に込み上げてきた。

「それどころか、わたしはこんな幼子に、あんなことまでさせた……」

刺客としてやってきた女忍びサスキアを、キアロに強姦させたのだ。精通したばかりの子供、その初めてのセックスを、自分の復讐心を満たすために利用し、汚してしまった。

胸が裂けそうになったジャシンダは、なんとか自己正当化を試みる。

「いや、こいつはわたしの裸を見て、勃起していた。まったくこんなかわいい顔をしていても、スケベなんだ。あんな女とでもできたら幸せだろう。そういえばスクーロのやつ、わたしと一緒に風呂に入るのが好きだったな。もしかしたらスクーロも」

ここでジャシンダは慌てて首を左右に振るう。

「何を考えている。スクーロはわたしの実の弟。血の繋がった姉をそんな目で見るはずがない」

ジャシンダは自分の右胸に頭を預けて、無防備に寝る少年の顔を改めて見る。

「スクーロとこいつは違う。違うが、わたしにとって弟みたいなものだ。血は繋がっていないけど弟みたいなもの。そう、血は繋がっていない……。スクーロではない……血の繋がっていない、赤の他人。だから、見捨ててもいいし、一線を越えても近親相姦にはならない……はっ⁉ 何を考えているんだ、わたしは。こいつは子供だぞ。そう子供。子供相手に欲情するとか、変態か、わたしは⁉ 落ち着け、落ち着くんだ」

キアロの温もりを右側面に感じながら、ジャシンダは左手で鳩尾(みぞおち)のあたりを押さえて大きく深呼吸をする。そして、あたりの景色を見た。

湖の畔。一面の芝桜に午後の暖かい日差しが降り注いでいる。荒廃し、廃墟ばかりのメリシャント王国領だが、美しい自然は残っていたらしい。

「改めて考えてみると、復讐以外のことを考えるのは久しぶりだな」

一年前、国が滅んでからというもの、ジャシンダはただひたすらに突っ走ってきた。

ドモス軍に参加して、最前線で戦う日々。和睦に激怒して脱走。たった一人で敵地に潜入。

心が休まる日がなかったことはたしかだ。

恋愛はもちろん、一年間はオナニーすらしていなかった。

「欲求不満なのか、わたしは……」

原因に思い至ったジャシンダは、左手で額を押さえる。

煩悶するジャシンダの見下ろす先で、寝息を立てている少年の唇がムニャムニャと開閉している。

それを見て、生唾を飲んだ。

慌ててあたりを見渡すが、だれもいない。気配もなかった。

この場にいるのは、寝ている美少年と、寂しい女だけだ。

改めてキアロのふっくらとした頬と、半開きの唇を見る。

「まったく、こんなかわいい顔して、無防備に寝るだなんて……悪い女に悪戯されてしまうぞ」

冗談めかして口に出したが、キアロの反応がないことを確認するとともに、身体が動いていた。

「……少し、少しだけ」

寝ている少年を起こさないように注意しながら、ジャシンダは左手で胸元の赤いシャツをそっとずらした。

白い乳房が外界に出る。

頂を飾る赤い乳首が、ぷっくりと膨れていた。

「……」

ジャシンダは軽く自らの乳房を手に包んだ。

昔から大きいほうだという自覚はあった。武芸の稽古に邪魔だとしか感じていなかったが……。

「わたしはもうすぐ、死ぬ。結婚も、出産も、恋愛も、セックスもすることなく死んでいく。少しぐらい母親の真似事をしても罰は当たらないだろう」

緊張に身を硬くしながらもジャシンダは、自らの右の乳首をすぐ近くにあったキアロの唇にそっと押し込んだ。

ムル……。

疲れ果てているキアロは完全に眠りに落ちていた。だから、口に入った乳首を、吸うことも、舐めることもしない。

しかし、ジャシンダは圧倒的な多幸感に包まれてしまった。

「はぁ……これが母の歓び」

少年の温かい唾液を塗られた乳首が勃起していく。同時に下腹部の奥がキュンッと下がるのを感じた。

慌てて左手を下ろすと、黒い短パンに包まれた股間を押さえる。

ジュンッ

恥ずかしいほどに濡れていた。いや、まるで失禁しているかのようだ。

ジャシンダは右腕で、キアロの肩を抱きながら、左手を黒いパンツの中に入れた。そこはすでに大洪水である。

「ちょっとだけ、久しぶりにちょっとだけ……」

自分に言い訳をしながらジャシンダは五指で陰阜を包む。

最初は肉裂を少し撫でるつもりだったのだ。しかし、気づいたときには激しく前後させていた。

クチュクチュクチュクチュ……

「ヤバい、指が止まらない。キアロは寝ているのに。子供が寝ている横でわたしは何をやっているんだ……ああん」

メリシャント王国の筆頭重臣の娘として、姫騎士として誇り高く生きていた時代。ジャシンダもまた、年頃の女として、自涜ぐらいはひそかにしていたものだ。

しかし、一年前のあの日から、まったくしていなかった。

その反動がきた、ということだろうか。

久しぶりの肉体的な快楽に、二十歳の健康な女体は溺れてしまった。

また、無垢な少年の寝ている横でしているという背徳感が、よりいっそうの深い快感となっているようだ。

「はぁ、はぁ、はぁ……」

軽く絶頂してしまったジャシンダは、パンツの中から左手を取り出して眼前に翳す。

陽光に濡れ輝く指を見て、言い知れぬ自己嫌悪に陥ったが、同時に火がついてしまった身体が治まらない。

「……」

寝ているキアロを起こさないように注意しながら、そのズボンをそっと引き下ろす。

毛の一本も生えていない白いカリフラワーがあらわとなった。

「っ⁉　これがこいつのおちんちんか。か、かわいい」

先日、川で水浴びの最中に、勃起しているさまを見せられたときには嫌悪感から足蹴にしたものだ。女忍びサスキアをやるときにも、単なる嫌がらせの道具という認識だった。

しかし、熟睡している少年の逸物は小さく、忘れていた乙女心を大いにくすぐられる。

「寝ているときのおちんちんというのは、こんなにかわいらしいものだったのか」

好奇心を抑えかねたジャシンダは、そっと右手を下ろすと、その白いカリフラワーに人差し指を伸ばす。

ツン！

「……」

キアロは起きる気配がない。

それに安堵したジャシンダは、さらにツンツンと少年のカリフラワーを突っつきまわす。

タケノコの芽のようになっている肉棒部分と、ふわふわとした肉袋。中にある二つの睾丸を確認する。

「うふふ、女みたいな顔して、しっかり男をしているじゃないか」

露悪的な笑みを浮かべたジャシンダが睾丸を押して遊んでいると、不意にキアロが呻いた。

「ふむ……」

ドキン！

ジャシンダの乳房に顔を埋めていたキアロが、鼻息を漏らしたので、ジャシンダは心臓がはねた。

緊張に身を硬くしたが、それ以上キアロは動かず、起きる気配がないことを知って安堵の吐息をつく。

それから改めて、今度はカリフラワー全体をそっと左手に包んだ。

「ふわふわだな。こんな小さくてかわいいのに、ちゃんと棒があって、玉も二つあるのか」

初めて触れた異性の生殖器に興奮したジャシンダは、右手で少年の小さな生殖器を揉みこみながら、その口元におっぱいを与え、さらに左手で自らの股間を弄(いじ)るオナニーを開始する。

「あっ、ああ、はぁ……」

それはジャシンダにとってかつてない体験であった。あまりの気持ちよさに理性が飛んでしまう。

ジャシンダのことを死神とか、怪鳥と呼んで恐れている者が、いまの彼女の表情を見たら同一人物とは信じられなかったことだろう。

鼻の下が伸び、半開きの唇からは涎が垂れ、目は完全にイってしまっている。まさに痴女だった。

しかし、時間とともに行為はエスカレートしてしまう。

「……ゴクリ。どうしよう？　おちんちん、咥えてみたい」

少年の男性器はあまりにも小さく、口に含んだらそのまま丸呑みできそうだった。

「さすがにセックスはダメだが、口に咥えるぐらいなら……」

思わず願望を口に出してしまってから、激しく自己嫌悪に陥る。

「寝ている子供に悪戯するなんて、女としてどうなんだ？　完全に終わっているぞ。いや、こんな機会はもうないだろうし、死ぬ前に一度だけ、おちんちんを咥えてみたい」

一応、理性は抵抗したのだが、ジャシンダは本能に負けてしまった。

「わたしが子供に欲情している変態痴女であることは、もはや疑いないな。ここまでしてしまったら、毒を食らわば皿までというやつだ」

覚悟を決めたジャシンダは、寝ているキアロをそっと芝桜の上に仰向けに寝かせると、下半身に移動する。

そして、少年の股の間に正座をして、カリフラワーのような逸物を注視する。

「さすがにこれを咥えたら、キアロも起きるのではないか。もし、これを咥えているところを見られたら、言い訳のしようがないぞ。……いや、それでいい。わたしがお子様に欲情している変態痴女だとわかれば、こいつも嫌がって、逃げていくはずだ。そのほうがこいつの将来のためだ」

必死に自分に言い聞かせたジャシンダは、少年の股の間に四(よ)つん這(ば)いになって、ゆっくりと頭を下ろした。

ぷ～んと生っぽい匂いを鼻腔に感じながら、大きく口を開き、肉のカリフラワーを口に含む。

「ふむ」

少し塩っぽい味のする肉だった。その味を美味と感じたジャシンダは肉棒から肉袋まで、すべて口いっぱいに頬張ってしまう。

自分には生涯、縁がないと思っていた男性器を咥えたことで、ジャシンダは言い知れぬ多幸感に捕らわれた。

ジュン！

子宮が絞れたようにして、愛液が膣穴から噴き出す。

(毛も生えてないお子様おちんちんを咥えて喜んでいるわたしって)

自己嫌悪に陥りながらもジャシンダは、ショートパンツを太腿の半ばまで下ろし、左手で失禁しているかのような股間を押さえた。

ヌルリ
左の中指が、膣穴に入ってしまった。

指先に、処女膜が触れてしまい、ブルリと震える。

(ああ、世の普通の女たちは、ここをおちんちんで破られるんだな)

ジャシンダも、昔は人並みに愛する男の前で羞恥に震えながら股を開き、ぶち抜かれることを夢見たものだ。しかし、自分はもはや、普通の女ではない。処女膜つきのまま死ぬはずである。

(いっそ、いまこのおちんちんで破ってしまおうか？)

そんな欲望が、脳裏をよぎる。

しかし、寝ているキアロの逸物は、あまりにも小さく柔らかい。とてもではないが、成人女性の膣穴に入り、処女膜をぶち抜くことは不可能であろう。

やむなく、ジャシンダは口いっぱいに頬張ったカリフラワーを味わいつつ、左手の中指の第一関節を膣穴に入れて、素早く出し入れするのに留めた。

クチュクチュクチュクチュ……

「チュー、ふむ、ふむ、ふむ」

美しい湖畔。芝桜の上、午後の暖かい日差しを浴びながら、綺麗なお姉さんが引き締まった尻を振りながらオナニーに浸っていたときである。

口の中のカリフラワーがどんどんと大きくなって、まるでアスパラガスのように飛び出してくる。

「うぐ」

すっかり意表を突かれたジャシンダは、喉奥にまで呑み込んで目を白黒させる。

そんなときだった。

「ジャ、ジャシンダさん……」

動揺した声が、頭上から聞こえてきた。

アスパラガスを咥えながら視線を向けると、キアロが驚きの表情で見下ろしている。

「……」

オナニーしている女と、寝起きの少年の視線が正対する。

(……終わった)

逸物を咥えてオナニーに耽(ふけ)っていたお姉さんは、目を見開いて硬直した。

※

戸惑いながらも、なにげなく視線を下ろしたところ、まず見えたのはジャシンダの顔だった。

暖かい日差しの中での、幸せな微睡(まどろみ)であった。逸物が妙に気持ちいいのだ。

昼寝をしていたキアロは、股間に違和感を覚える。

「はっ⁉」

黒い頭髪の向こう側に、白い双山が見えて、それが左右に揺れている。

（いったいなんなんだろう？）

自分で見た光景の意味がわからず、じっと見ていると、ジャシンダがキアロの股間に顔を埋めて、夢中になって逸物をしゃぶっているのがわかった。

頭の後ろに見える白い双子山は、ジャシンダのお尻である。

同時に、ジャシンダの口内で逸物が大きくなっていき、それと比例するようにキアロの逸物から全身に信じられない快感が流れて、そのあまりの気持ちよさに悶絶してしまう。

「ジャ、ジャシンダ……さん、何」

寝起きの、無防備な身体にきたあまりにも強い刺激に、少年は悶絶の声をあげる。

キアロがジタバタと暴れだしたので、起きたことは知れたが、もはやジャシンダは止まれなかった。

委細構わず、アスパラガスを貪り食いながら、オナニーに耽る。

クチュクチュクチュクチュ……

「はわわわわわ」

お昼寝の最中に、初めてのフェラチオ体験をしてしまった少年は、なんの抵抗もできなかった。

(き、気持ち、いい)

股間からゆであがったキアロは、両手足を投げ出し、ブリッジをするように腰を上げた姿勢のまま、両の黒目を裏返し、開いた口角から涎を垂らす、完全なアヘ顔になってしまった。

そんな少年の急所を、綺麗なお姉さんは容赦なく啜る。

ブシュッ！　ドクン！　ドクン！　ドクン！

(おちんちん、食べられるぅぅぅ)

ジャシンダの口内でアスパラガスは暴れまわり、先端から濃厚で熱い液体が噴き出す。

「チュ―――」

射精中もジャシンダは容赦なく吸った。おかげで細い管を通して、睾丸からすべてを吸い出されるかのような世にも恐ろしい快感が少年を襲った。

魂まで吸い出されたかのようなキアロが、ぐったりと脱力したところで、ジャシンダはようやくカリフラワーを解放した。

出涸らしのように縮まった男根を眼下に、ジャシンダは口内にたっぷりと溜まった液体を堪能。それからゆっくりと喉を鳴らした。

ゴクリ、ゴクリ、ゴクリ
（ああ、ジャシンダさんがぼくのおしっこを飲んでいる）

キアロが呆然と見ているうちに、ジャシンダは口内に溜まったものをすべて飲んでしまったようだ。

「あ、あの……ジャシンダさん」

寝起きで意味がわからないキアロは、恐る恐るおっかないお姉さんに声をかけた。

ジャシンダは、口元を左手の甲で拭いながら、冷淡に応じる。

「今日はもう遅い。今夜はここで野宿しよう」

「そ、そうですね」

説明を求めても怒られるだけに感じたキアロは、とりあえずズボンをもとに戻して、夕食の準備に取り掛かった。

その光景をジャシンダはいつもと同じように、剣を抱いて見守る。

とても先ほどまで、寝ている少年のおちんちんを咥えていた女性には見えない。いつもの張りつめた雰囲気だ。

（さっきのなんだったんだろう。お昼寝の最中に見た夢かな。夢にしては妙にリアルだったけど……）

股間に違和感を覚えながらも、チラチラとジャシンダの様子を窺いながらキアロは夕ご飯を作った。

もちろん、昼間と似たり寄ったりの代物だ。

「どうぞ……」

食事を受け取ったジャシンダは相変わらず美味いとも不味いとも言わずに、黙々と匙を進めた。

不意にジャシンダが口を開く。

「サラマンカには、わたしの古い友人がいる」

「はい」

「ルーゼモニアといって面倒見のいい女だ。そいつに頼めば、おまえの身が立つようにしてくれるだろう」

思いもかけない提案に、キアロは驚く。

「え、なんですか、それ、ぼく、どこまでもジャシンダさんについていきますよ」

キアロの怒ったような主張に、ジャシンダは目を見張る。

「いや、しかし、昼間、ああいうことをされたんだ。わたしのことが気持ち悪くないのか」

「そ、それは……ぼく、ジャシンダさんのこと好きだし」

その気負いのない返答に、ジャシンダは絶句する。

年下の少年にまっすぐに告白された女は、顔を真っ赤にして、動揺する。

「な、ななな何が好きだ。まったく、おまえとわたしの年齢差を考えろ。これだから子供は……」

頬を染めながらもなんとか平静を演じるジャシンダに、キアロは訴える。

「ぼく、ジャシンダさんにおちんちんを咥えてもらえて嬉しかったよ。ジャシンダさんがおちんちんを食べるのが好きだったのなら、これからもどんどん食べてください」

「べ、別におちんちんを食べるのが好きというわけではないのだが……」

やはり性的なことがあまりわかっていない少年を前に、年頃の娘は困惑してしまう。

さらにキアロは言い募る。

「それにぼくがいないと、ジャシンダさん。仇のもとにたどり着けないよ」

「何？」

「だってジャシンダさん、生活力ないじゃん。食事も満足に食べられなくて、きっと目的地に着く前に餓死しちゃうよ」

真剣なキアロの言い分に、酢を飲んだような表情になったジャシンダは瞬きをして、ついで爆笑した。

「言ったな」

笑いながらジャシンダは、キアロの頭をヘッドロックして、振り回す。

「あ、やめて、痛い、痛い」

キアロは暴れたが本気ではない。というか、ジャシンダの乳房が顔に押し付けられて幸せだった。

ヘッドロックを解いたジャシンダは、改めてキアロの顔を見る。

小麦色の髪の少年の顔に、黒髪の少年の面影を重ねて、ジャシンダはためらいつつ口を開く。

「キアロ、一つお願いがある」

「なんでも言ってください！」

元気に返答するキアロを眩しく見つめつつ、ジャシンダは恐る恐る口を開いた。

「お姉ちゃんと呼んでくれないか」

「お安い御用ですよ。お姉ちゃん。ジャシンダお姉ちゃん」

「はぅ」

ジャシンダは胸を押さえて、俯く。

ドキドキドキドキ……

(か、かわいい。でも、弟、そう弟と思えば、なんとか我慢できる)

ジャシンダの心臓が悲鳴をあげている。

「わかった。キアロ、今後、わたしはおまえを弟だと思うことにする。絶対に守ってやるから。だから、わたしのことは姉だと思って甘えろ」

「あ、ありがとうございます」

キアロの輝くような笑顔に、ジャシンダは頷く。

こうして、食事が終わり、キアロはいつものように洗い物をする。

それから再び湖で汗を流し、二人とも思い思いの場所で横になった。

不意にジャシンダが立ち上がり、キアロのもとに近づいてきた。そして、背後から抱きしめる。

「っ」

驚き身を硬くするキアロに、ジャシンダは声をかける。

「キアロ、寒くはないか」

「あ、はい」

「こうすると暖かいだろう」

キアロの背中に、ジャシンダの温もりがある。だけではなく、背中に大きな乳房が押し付けられていた。

「姉と弟なら、これくらいのスキンシップは当然だ」

「ああ、わたしはよくスクーロと一緒の寝台で寝たものだ」

緊張に身を硬くしたキアロの項が桃色に紅潮しているさまを見つめて、ショタコンに目覚めてしまったお姉さんはうっとりとする。

そして、キアロの耳元で、精いっぱいの色気を込めて囁く。

「お姉ちゃんのおっぱい吸うか」

「す、吸っていいんですか？」

驚いて振り向くキアロの鼻先で、ジャシンダは自らの赤いシャツをたくし上げる。

「ああ、かわいい弟のためならな」

「うわ、ジャシンダさんのおっぱい」

白い双乳を鼻先に感動したキアロは、両手でそれぞれの白い肉塊を握る。

小さな紅葉のような手で、キアロは大きなおっぱいを揉みしだいた。

そして、乳首を夢中になってしゃぶりだす。

（まったくこんなに喜んでわたしのおっぱいにしゃぶりつくだなんて……。ああ、気持ちいい）

昼間寝ているキアロの口腔に突っ込んだときとは大違いだ。乳首を吸われてジャシンダは、恍惚と目を細める。

ジュンジュンとパンツの中が濡れている自覚があった。

その下腹部に少年の高ぶりを感じて、我慢できなくなったジャシンダは、キアロのパンツを下ろして、逸物を握る。

「あぅ、ジャシンダさん」

「昼間出したのに、元気だな。姉を相手にこんなにおちんちんを大きくして、ダメな弟だ」

「はぃ……」

綺麗なお姉さんに逸物を悪戯されながら、その乳房を吸う幸せにキアロは溺れてしまう。

一方で、ジャシンダは懊悩（おうのう）していた。

（ああ、おちんちんがこんなに大きくなっている。これなら、入れられる。わたしのオ〇ンコに入れることができる。このおちんちんを入れれば、わたしも処女を卒業できる。あ、でも、こいつ、もう経験者なんだよな。あの下品な女忍びで童貞を卒業している。それなのにわたしは処女。わたしのほうがはるかに年上で、イキっていたのに、実は処女でしたとか、すっごくバカにされる）

かわいい年下の少年に、軽蔑した目で見られるさまを想像してジャシンダは震えた。

（こいつ、何を勘違いしたのか、わたしのことを聖女を見るような目で見ているからな。きっとセックスも上手で、優しく導かれての、すごい体験ができるとか期待している。くー、悪かったな。わたしは処女なんだよ。おまえが期待しているようなすごいことは知ら

ん）

　年上の女としての見栄のおかげで、ジャシンダはギリギリ、一線を越えることを我慢した。

　しかし、もう我慢できない。妥協策としてキアロを促す。

「わたしはおまえのおちんちんを触っているんだ。おまえもわたしのオ○ンコを触っていいぞ」

「はい？」

　短パンを太腿の半ばまで下ろしたジャシンダは、キアロの右手を取って自らの股間に導いた。

「その溝の中を弄るといい」

「こんな感じですか？」

　クチュクチュクチュクチュ……

　命じられるがままにキアロの指は、ジャシンダの陰部を弄った。

「はぁん、そうだ……そんな感じでだ、あん、いま触れたところ、そこクリトリスといって女の急所だから、そこを弄るといい、優しく、優しくだぞ、ああん、いい♪」

　つたない動きであったが、生まれて初めて異性に陰部を触れられたジャシンダは恍惚としてしまう。

しかし、そこに油断があった。

ズボッ
「えっ⁉」

あまりにも唐突なことで、ジャシンダは目を見開く。

（ゆ、指、入れられた……）

キアロはいきなり、膣穴に指をぶち込んだのだ。

それも、キアロの指が細くて小さかったせいだろう。処女膜の小さな穴をすり抜けて、一気に根本まで入った。

（ウソ、わたし、いま子宮口に触られている？　わ、わたし、処女膜、指で破られちゃった？）

ジャシンダはオナニーのときに、処女膜に触れたことはあっても、その奥にまで指を入れたことはなかった。まして、子宮口に異物を感じたのは初めてだ。

「どうしたんですか？」

目を見開いて動揺しているジャシンダの反応に、キアロは不思議そうに小首を傾げる。

性的な知識のないキアロは、前回、サスキアとの経験から、膣穴に指を入れることに抵抗がなかったのだ。

ジャシンダから見るとまさに、身から出た錆である。

「いや、なんでもない……。おまえの好きにしていい……」

年上女の見栄として、処女であることを告白できなかった女は、目を逸らして耐える。

「それじゃ、弄りますね。女の人ってここを弄ると気持ちいいんですよね」

グチュグチュグチュ……

サスキアとの体験があるからだろう。キアロの指使いにはためらいがなかった。

「はひぃ……」

一方で初めての指マン体験に、ジャシンダは翻弄されてしまう。

（あ、やめて、かき混ぜないで、処女膜が、裂ける。裂けちゃう。こんな子供の指で破瓜だなんていや、でも、そこいい、気持ちいい、気持ちよすぎる。ヤバい、わたし、処女なのに、年上なのに、お子様の指マンでイカされちゃう）

見栄っ張りのお姉さんは、無邪気な少年に処女〇ンコをほじりまわされる感触を、口角から涎を垂らして耐えた。

しかし、少年の指使いはあまりにもえぐい。

乳首を吸いながらキアロは、ジャシンダの様子を慎重に確認して、気持ちいい場所を探ってくるのだ。

処女膜の穴を拡張し、子宮口をこね回し、同時に陰核まで弄ってくる。

（この子、上手い。自分で弄るときよりも何倍も気持ちいい、ああ、そこは、そんなとこ

ろまでダメぇぇぇ）

腹部の裏、処女膜のあたりを指の腹で撫でられたとき、ジャシンダは限界を超えた。

プシャッ！

キアロの指にえぐりまわされていた穴の少し前から、熱い飛沫が噴き出したのだ。

「？」

これにはキアロも驚く。

「ジャシンダさん、おしっこ漏らしたの？」

「ち、違う。いや、違わないけど……、これは潮噴きっていって女が気持ちいいとなるの」

大人の女として、失禁したなどと思われるのは恥である。顔を真っ赤にしたジャシンダは慌てて言い訳をする。

「そうなんだ。ジャシンダさん気持ちよかったんだ、よかった」

自分が、ジャシンダを喜ばせたということが、心底嬉しいらしくキアロはにっこりと笑う。

（か、かわいい）

子宮がキュンキュンと締まったジャシンダは、思わずキアロの頭を胸に抱きしめる。

大好きなお姉さんのおっぱいを顔で楽しみながら、性に目覚めてしまった少年は訴えた。

「ねぇ、ジャシンダさん。ぼく、ジャシンダさんのオ○ンコに、おちんちん入れたい」

ビクン
ジャシンダの心臓ははねた。

(わ、わたしも、キアロのおちんちん欲しい……でも、ダメ。キアロは経験者。それに対してわたしは処女。くぅ〜、いままでさんざん偉そうなことを言ってきたのに、処女だなんてバレるのは恥ずかしすぎる)

　女としての欲望よりも、年上の女としてのメンツを優先したジャシンダは、必死に表情を引き締め、怒った顔を作る。

「だ、ダメだ。姉弟でやったら人倫にもとる。まったく、子供の癖に女とやりたいとか……。そんなんでは将来が心配になるわ」

「むー」

　キアロが不満そうな顔をしたので、慌てたジャシンダは表情を崩して妥協案を出す。

「その代わり、挟んであげるから、これで我慢しなさい」

　ジャシンダは両の太腿の間に、キアロの逸物を挟んだ。といってもすぐ上に女性器がある。

　いわゆる素股といわれる体勢だ。

「おまえはわたしにとって弟同然の存在なんだから、セックスはダメだ。その代わり、表面を擦るくらいなら、いくらでもやっていいわ。ほら、試しに腰を動かしてみなさい」

「はい。こんな感じでいいですか？」

キアロはおっぱいに顔を埋めながら、一生懸命に腰を動かした。

小さな逸物が、大人の女の肉溝をなぞり、陰核を擦った。

「はぅ、どう、これでも気持ちいいでしょ」

「はい、気持ちいい。ジャシンダさんのオ◯ンコからすっごいトロトロの液体が出てきて気持ちいいです。ああ」

プシャッ！

少年の濃厚な白濁液が、成人女性の女性器の表面に大量に浴びせられる。

むろん、一発では終わらず、五発ほども連続して射精するまで素股は終わらなかった。

この夜以来、ジャシンダとキアロは、抱き合って寝るようになる。

復讐鬼のお姉さんは、美少年の逸物を握ったまま一晩中、離さないのが常であった。

第四章　怖いお姉さんと優しいお姉さん、どっちが好きですか？

「あれがサラマンカの町なんだ。大きい」

ジャシンダとの旅を続けたキアロは、丘の上から目的の地を見つけて感嘆した。

広大な麦畑の真ん中にあるその町は、ちょうど主要街道の交差点にある。そのため物流が盛んなのだろう。街並みは立派で、人口も一万人は超えるであろうことが予想された。

「ああ、この国にまだあんな町が残っていたんだな」

もともとメリシャント王国領にあって首都に次ぐ人口を有した町である。

戦乱で荒れ果てた地方にあって、たくましく繁栄している町を見るのは嬉しいが、そこに仇がいると思えば、愉快な気分ではない。ジャシンダは抜剣した。

(また、襲撃かな)

だいぶ慣れっこになってきたキアロは、ジャシンダの仕草から敵襲を予測できるようになっていた。

戦いの邪魔にならないように隠れる場所を探す。

ジャシンダが剣を抜いたことで、奇襲の失敗を悟ったのだろう。木陰から一人の女が出てきた。

年の頃は二十歳前後。ジャシンダと同世代だ。

淡い金髪を後頭部で結い上げている。知的な顔立ちながら、優しい笑みを湛えていた。

一見して、聡明で落ち着きのある大人びた雰囲気だ。

女としては中肉中背。その上に、緑を基調とした華やかな鎧を身に纏い、手には槍を持っている。

神話に登場する戦乙女を具現化したかのようないで立ちだ。

「かれこれ一年ぶりだな。ルーゼモニア」

かつて友と呼んだ女の顔を見て、ジャシンダは憎々しげに顔を歪めた。

それを見返す戦乙女は、痛々しいものを見るといった表情になる。

「ジャシンダさん。再会できて嬉しいわ。あなたの境遇は承知しています。ドモス王国に協力していたとか」

「ああ、そうだ。メリシャント王国はドモス王国に臣従したんだからな」

「違います。メリシャント王国は、オルシーニ・サブリナ二重王国と盟約を結びました」

ルーゼモニアの静かな反論に、ジャシンダは怒号で報いた。

「ふざけるな！　メリシャント王国はドモス王国に臣従する道を選んだ。そのためにシルヴィア姫まで人質に出したのだろう！」

「外交とは一筋縄ではいきません。上の方々はさまざまな可能性を考慮した結果、ドモス王国は信用できないと判断した。ですから、二重王国を選んだのです」

「それでわが一族を滅ぼしたというのか！」

ジャシンダの激怒を受けても、ルーゼモニアは顔色を変えず応じた。

「不幸な行き違いがありました」

「スクーロもか」

「……っ」

余裕を演じていたルーゼモニアの顔が鼻白んだ。ジャシンダは畳みかける。

「貴様がいながら、なぜむざむざとスクーロまで殺すに任せた」

「スクーロくんのことを考えると、わたしも胸が痛みます。しかし、この一年、本当にさまざまな不幸がありました。悲劇は無数にあり、地獄を見たのはあなただけではありません。いまからでも遅くはありません。本分に立ち返ってください。国を立て直す手伝いをしてほしいのです。あなたはメリシャント王国の譜代の中でも名門の出自でしょう」

目元にうっすらと涙を浮かべたルーゼモニアの訴えに、ジャシンダは悪鬼のような表情で応じる。

「忠義とは見返りがあってのもの。恩を仇で返されたら、それはただの敵だ」

「……」

「わが一族を犠牲の羊にして、それで国が栄えたというのならまだ言い訳になっただろうよ。しかし、この国の現状を見ろ。どこもかしこも廃墟だらけだ。もはやメリシャント王国などない。ないものをあるように見せるのは欺瞞（ぎまん）というものだ。そんなまがい物、わたしがぶっ壊してやる」

首を横に振るったルーゼモニアは、諦めのため息をついた。

「話は平行線ですね」

「そうだな。いいかげん、始めよう。わたしは忙しい」

「やむを得ません」

ルーゼモニアは槍を両手に持ち、斜に構えた。

「ああ、押しとおる。おまえを殺して、次にアーダーンも殺す」

左掌を上に向けて青黒い魔力をためたジャシンダは、右手で剣を振りかぶり怪鳥のように飛び上がった。

左腕を払うと、黒き炎がカーテンのように放たれ、それをルーゼモニアの纏う白緑の魔法光が打ち消す。

直後にジャシンダが空中から獲物を狙う鷹の爪のように斬撃。それをクルリと半回転して避けたルーゼモニアは、精密機械のように連続突きを繰り返す。

カン！　カン！　カン！

閃く穂先と刀身は、幾度となく打ち合わされて、火花が舞った。

「ちっ」

剣と槍ではリーチが違う。接近戦は不利だ。

劣勢であることを自覚させられたジャシンダは、十合も打ち合わせたところで黒い魔法の壁を放って距離を取った。

「さすがはルーゼモニアといったところか」

「いえいえ、ジャシンダさんも強くなりましたよ。一年前なら、もう勝敗が決していました。わたしの勝利で」

「吐(ぬ)かせ！」

咆哮(ほうこう)したジャシンダが再度斬り込もうとしたとき、右頭上から何か閃いた。

パンッ！

ジャシンダの剣が一閃して弾く。

弾かれたものの行方を見ると、それは苦無(くない)であった。

視線を上げると、褐色の肌に、銀色の短髪。水着のようなバトルスーツをきた大柄の女性が枝の上で幹に背を預けながら立っていた。

年の頃は三十代。目鼻口ともに大きい華やかな美貌。肩幅があり、胸は大きく突き出し、臀部も左右に張っている。

「はぁ～い、お久しぶり」

グラマラスなセクシー美女は、左腕で右肘を抱きながら、右手を軽く振ってくる。

それは以前に、ジャシンダを襲撃して返り討ちにあった女忍びだ。

捕虜となり、口を割らせるためにジャシンダの命令でキアロが強姦した。その後、晒し恥刑にされて放置されたのだ。

キアロにとっては初めてにして、唯一逸物を入れた経験のある女性なのだから、忘れたくとも忘れられない。

酷いことをしたという自覚もあって、キアロは思わず叫んでしまった。

「あのときのオバサン！」

ビュー！

セクシー忍者の周囲に冷たい木枯らしが吹いたようである。

「ぷっ」

ルーゼモニアが思わず噴く。

それをジロリと睨んだサスキアは、こめかみに怒気マークを浮かべ、頬を引きつらせながらも、何事もなかったように続ける。

「坊やは元気そうね」

「はい。オバサンも元気そうでよかったです」

見知った女性との再会に、キアロは本当に嬉しそうな笑みを浮かべていて、まったく悪気がないことが見て取れる。

　それゆえに複雑な顔をしているサスキアに向かって、悪意丸出しのジャシンダが吐き捨てる。

「いつぞやの仕返しでもしようというのか、いいぞ纏めてかかってこい」

「あら、野蛮。いいところのお嬢様なのに、すっかりやさぐれちゃって。貧乏っていやね」

　キアロを相手にペースを乱されていたサスキアであったが、百戦錬磨の女忍びといった顔で嘲笑を返すと、さらにルーゼモニアに向かって声をかける。

「聖騎士さま、賊を討伐するのに一騎討ちはないでしょう。正義の行いというのは、数の暴力によって実行されるものですよ」

「黙りなさい、忍び。あなたに指図される謂れはありません」

　一喝したルーゼモニアは改めて、かつての上司に語りかける。

「あなたには万に一つも勝ち目はありません。投降なさい」

　ルーゼモニアが右手を上げると、周りの木立の陰からボウガンを持った騎士たちが十人ばかりも姿を現した。

「……」

　ジャシンダは無言であたりを睥睨する。

　全員、鎧を着ている。つまり、みな一定水準以上の訓練を施されている兵士たちだろう。

ルーゼモニアだけでも互角。認めたくはないが、劣勢だ。

一度勝っているサスキアには負ける気がしないが、ルーゼモニアとの闘いの気を逸らされることは否定できない。

さらに十人もの弓兵。

（たしかにこれでは、わたしの勝ちはないか。……ならば）

ジャシンダは踵を返した。

キアロの姿をちらっと目の端に捉えたが、そんなことは気にせずに駆ける。

「あ、逃がすか！」

「放て」

兵士たちが一斉に矢を放つが、ジャシンダは麦畑に飛び込んで姿を隠す。

「あ、ジャシンダさん」

痩せ馬の手綱を引いたキアロも慌てて続こうとしたが、その首に鞭が絡まった。

「おっと、逃がさないわよ、坊や」

首元の鞭を解こうと必死にもがくキアロを後ろから羽交い締めにしたのは、女忍びのサスキアだった。

「放せ！　放せよ！」

キアロは暴れるが、後頭部からサスキアの胸の谷間に挟まっただけで振り払えない。

そこにルーゼモニアが近づいてきた。

「その子ですか。ジャシンダと一緒に旅をしていたという少年は」

「この子を人質にして、あの女を誘い出しますか？」

忍びの提案にルーゼモニアは一瞬だけ考える表情をしたが、即座に首を横に振るった。

「そんな甘さがいまの彼女にあるとは思えませんね」

「そうだ。ジャシンダさんがぼくのことなんか気にかけるはずがない。ジャシンダさんは仇を討つことが最優先なんだ」

自分の命をまったく顧みていないキアロの主張に、サスキアは肩を竦める。

ルーゼモニアは頷いた。

「ひとまずは屯所に連れ帰って話を聞きましょう。ジャシンダが何を考えているのかを知らなくては、対処のしようがありません」

こうして、キアロは騎士たちに護送されてサラマンカの町に入った。

騎士団の駐屯所の取り調べ室で、ジャシンダとの関係を質問されたが、待遇は決して悪くなかった。

ルーゼモニアが何かと気にかけてくれたからだ。

キアロは、ジャシンダとの関係を正直に話した。別に話して悪いことがあるとも思えなかったからだ。

「そう……。ジャシンダは、あなたにスクーロくんの面影を見ていたのでしょうね」

淡い金髪のお姉さんは、しんみりとした顔でキアロの頬を撫でた。

「あなたを解放したら、どうしますか？」

「ジャシンダさんのところに戻ります」

その迷いのない返答に、ルーゼモニアは悲しげな表情で首を横に振るう。

「やめなさい。あの人は、修羅の道を歩いている。あなたが行っても、無駄な死に巻き込まれて終わります。この町で身が立つように、孤児院を紹介してあげます」

「そんなのいらないよっ」

ムキになって反論しようとして、キアロはやめた。相手が善意で言ってくれていることはわかっていたからだ。

そして、自らの行いを正義と信じている以上、決して譲ってはくれないだろう。

(どうにかして逃げ出さないと……)

取り調べが終わって屯所を出ると、あたりは夕方だった。ルーゼモニアに連れられて、近くにあった官舎へと案内される。

「ごめんなさいね。明日には施設の者に渡しますが、今夜はここで我慢してください」

「あの、ここって」

「わたしの部屋です」

騎士団の牢屋に入れてもよかったのだろうが、子供を牢屋に入れることがためらわれたのだろう。

ワンルームで、おそらくルーゼモニアが寝るためだけに帰っている部屋ではないだろうか。それでも、台所、トイレ、風呂などが別にあり、さすが騎士団長の住まいだ。

「どうぞ、遠慮しないで入ってください」

「お邪魔します」

キアロは恐る恐る入室する。

ルーゼモニアは鎧を脱ぎ、淡い金髪を後ろに纏めると、緑色のエプロンをつけた。

「適当に寛いでいてください。いま食事を作りますね」

トントントントン

台所に立ったルーゼモニアは、野菜や肉などを手早く切って、フライパンで炒め始めた。実に手際がいい。

ほどなくして、キアロの待つテーブルに大皿を持ってやってきた。

「あり合わせのものしかないけど。どうぞ召し上がれ」

肉の入った野菜炒めであった。それに固焼きのパンと、かぼちゃのスープ。

「あ、ありがとうございます。いただきます」

一口食べたキアロは、感動に震えた。

（ウマ！）

祖父ちゃんと山小屋暮らしをしていたとき、ジャシンダと旅をしていたとき、いずれと比べても、段違いの美味しさだ。

食材が新鮮で、調味料が豊富ということもあるだろうし、ルーゼモニアの腕もいいのだろう。

美人で優しくて、気配りができて、料理もできる。

（なんていい人なんだ。女神さまみたい）

目の前で上品に食事をしているルーゼモニアから後光が差しているように感じた。

同じ綺麗なお姉さんでも、おっかなくて粗雑で、料理など家事全滅のジャシンダとは対照的だ。

ごく公平に見て、少年の憧れるお姉さんとしては、ルーゼモニアのほうがはるかに格上であろう。

美味しい料理で腹がくちくなったキアロは、ダメダメお姉さんのことを思い出す。

（ジャシンダさんは、食事をどうしているだろう。ちゃんと食べているかな？　あの人のことだから、きっと食べていないな）

戦闘力は一流なのだろうが、それ以外、特に生活能力という意味では、まるでない。キアロがいないと餓死しかねない危険を感じる。

(急いで戻らないと)

気は急くが、目の前でニコニコしながら食事を摂っているお姉さんから逃げるのは容易ではない。

ジャシンダに勝るとも劣らぬ身体能力の持ち主である。下手に逃亡を図ったところで、猫のように捕まえられるのがオチだろう。

また、騎士としての当然の用意なのか、それともキアロを捕らえることを想定してなのか、部屋の隅にはこれ見よがしに拘束用の紐が置かれている。

「ごちそうさまでした。美味しかったです」

「お粗末様でした」

食事が終わり、ルーゼモニアが食器を片付けようとしたところで、キアロは申し出る。

「あ、後片付けはぼくがします」

「あら、いいわよ」

「ぼく得意ですから」

一宿一飯の恩義である。これぐらいはしておきたい。

「それじゃ、お願いしちゃおうかな?」

「はい、任せてください」

台所でキアロが食器を洗うさまを、しばし観察したルーゼモニアは、任せても大丈夫と判断したのだろう。台所から出て行った。

　食器洗いが終わった頃に戻ってくる。

「うわ、完璧。キミ、本当によくできた子ね」

「そんなことないですよ」

「お風呂をいれたから、入ってきなさい」

　遠慮するのも変だと思い、キアロは拝借することにした。

「ふぅ」

　たいして広い風呂ではないが、肩までゆっくり浸かることができる。

（お風呂に入ったのって、いつ以来だろう）

　祖父ちゃんと山小屋で暮らしていたときも、ジャシンダとの旅でも、川や湖での水浴びばかりだった。

　適温の湯船に浸かっていると、まるで命の洗濯をしているような気分になる。

　惚（ほう）けていると、扉が開いて、淡い緑色のバスタオルを一枚胸元に巻いたルーゼモニアが入ってきた。

「湯加減はどお？」

「ちょ、ちょうどいいです」

　若干慌ててどもるキアロに、ルーゼモニアは優しく笑いかける。

「うふふ、よかった。背中、流してあげるわね」

「え、でも」

「いいの、いいの、子供が遠慮をするものではないわ」

肌色が眩しい。どこに視線を送っていいのかわからず動揺しているキアロを洗い場の木椅子に座らせたルーゼモニアは、石鹸で背中を流す。

「一週間も野宿生活だったんでしょ。大変だったわね」

「いや、別に……」

ジャシンダとの旅は、楽しかった。同情されるのは少し気分が悪い。

さらにキアロと向かい合わせになったルーゼモニアは、シャンプーでキアロの頭を洗ってくれた。

キアロの鼻先に、バスタオルに包まれた大きな乳房の谷間がくる。

(ルーゼモニアさん、おっぱいデカ。それに脚も長くて、もう少しで大事なところが見えそう)

そんなことを考えていたときである。唐突にハラリと、ルーゼモニアが胸元に巻いていたバスタオルが解けた。

「あら？」

バスタオルが洗い場の床に落ちた。

当然、キアロの目の前には、裸体のお姉さまが残った。白くて大きな双乳、その頂には桜色の乳首があり、すっきりとした細い腰には丸い臍、そして、股間を彩る金色（こんじき）の陰毛。

（うわっ、ルーゼモニアさんの肌、すっごく綺麗。まるでミルクを固めたみたいだ。舐めたら甘そう）

同じ白い肌でも透明感があってスベスベの、ジャシンダよりも温かみを感じさせる美肌に、キアロは魅せられてしまった。ルーゼモニアのほうは何事もなかったかのようにキアロの頭から手を離さず洗い続ける。

まったく恥ずかしがっている素振りはない。相手を子供と侮っているのだ。

しかし、男の子の身体は、変化が外部からわかってしまうものである。

木の椅子に座っているキアロは、必死に膝を閉じていたが、その狭間からチョンッと勃起した逸物が露出してしまう。

それを見たルーゼモニアは、クスクスと笑う。

「意外におませさんね」

キアロは真っ赤になった顔を俯ける。

風呂から上がると、子供モノの下着とシャツが用意されていた。

ルーゼモニアは、素肌に緑色で半透明のネグリジェを着用する。

（うわ、エロ。下着つけてないよね、それ。乳首の突起がすっかり浮きでている）

目を白黒させているキアロに、ルーゼモニアは瓶に入った炭酸水をくれた。

二人してそれを飲んで一息ついてから、ルーゼモニアはさらにとんでもないことを言いだす。

「ごめんね。ベッド一つしかないの。狭いけど我慢してね」

「あ、はい」

辞退したいと思っても、客人としては贅沢を言うことはできない。キアロは、ルーゼモニアとともにシングルベッドに入った。

（ああ、このお姉さん、すっごくいい匂い）

汗の匂いというだけではなく、おそらく化粧品の匂いなのだろう。少年の鼻腔を甘く溶かす。

ルーゼモニアは、左肩を下に横向きになると、右手でキアロの肩に触れてきた。

「この年で、親を亡くして、独りで生きてきただなんて、偉いわね」

「いえ、ジャシンダさんがいましたし……」

照れるキアロの頭髪を、ルーゼモニアは優しく撫でる。

「無理しなくていいのよ。子供を守るのは大人の義務なのだから」

（ああ、このお姉さん、いい人だ）

ジャシンダの敵であり、障害となっている人だ。敵として憎みたいのに、とてもできそうもない。

　このお姉さんの言う通りにしていれば、自分はきっと人並みの生活ができるように手配してもらえるのだろう。

　それとわかっていても、キアロは逃げ出さねばならないと思った。

（ぼくぐらい、ジャシンダさんと一緒にいてあげないと……）

　逃げ出す方法としては、ルーゼモニアが寝ているときがベストではないだろうか。

　気配で目を覚まされそうな気もするが、とにかく寝たふりをしようと目を閉じる。

「……」

　しばし経ったところで、ふと変な気配を感じて視線を上げる。

「はぁ、はぁ、はぁ、か、かわいい～～～……」

　視線を上げると、薄い闇の向こう側、白い顔のお姉さんが、涎を垂らさんばかりの蕩けた表情を浮かべていたのだ。

（あ、このお姉さん、ジャシンダさんと同じ、子供が好きなタイプなのかも）

　そう思ったとき、キアロはピンときた。

　そこで意図的に甘える声を出してみる。

「あの～ルーゼモニアさん」

「何？」

ルーゼモニアはアマアマの声で応じてくる。

「おっぱいに、少しだけ触っていいですか?」

「えっ、それは……」

「ダメですか?」

キアロが泣きそうな顔でダメ押しすると、ルーゼモニアは困った顔をしながらも頷いた。

「う～ん、ママのおっぱいが恋しいのかな。少しだけよ」

「ありがとうございます」

許可をもらうと同時にキアロは、薄い布を豪快にたくし上げて、中に頭から入ると両手で白い乳房をわしづかみにした。

「えっ」

まさかいきなり、ここまで大胆なことをされるとは予想していなかったようで、ルーゼモニアは驚きの声をあげた。

しかし、止める暇もない早業で、キアロは桃色の乳首に吸い付く。

チューーッ!

「ああ～ん、ちょ、ちょっと、それ少しとは言わないわよ。ああ、ダメ～～～」

ルーゼモニアはなんとかキアロを引き剥がそうとしたが、乳首を吸われた状態では力が入らないようである。

さらに強引に吸引しながら舌先でこね回していると、乳首がビンビンに硬くなった。

（ルーゼモニアさんも、やっぱり乳首を吸われると気持ちいいんだ）

ジャシンダとセックスこそしていないが、夜な夜なご奉仕しているのだ。女性の肉体の秘密はだいたいわかっていた。

調子に乗ったキアロは、いったん口に含んでいた乳首を吐き出すと、その濡れて硬くなった乳首を指で摘まみ、コリコリとこね回しつつ、もう一方の乳首に吸い付く。

「何、この子、上手、ああ～ん」

ビンビンにしこり勃ってしまった乳首を、嬲り倒されたお姉さまは、純真無垢そうな少年の頭を抱いて盛大にのけぞる。

「あん、あん、ああん」

チラリと上を見ると、ルーゼモニアの表情はすっかり蕩けきってしまっている。

（ルーゼモニアさんってすっごく綺麗で、男の人にモテそうなのに、あんまりこういうことしないのかな）

年上のお姉さんに対して、欲求不満なのかも、と失礼なことを考えながら、おっぱいの味を堪能させてもらったキアロは、頭をするすると下ろした。

そして、白い腹の真ん中にある臍に舌を入れて、ペロペロと舐める。

たまらずルーゼモニアが悲鳴に似た甘い声をあげた。

「ああん、キアロくん、もっと、下を舐めて」

「下ってどこですか？」

無邪気を装った少年の声に、ルーゼモニアは一瞬、鼻白んだ。ややあってためらいがちに漏らす。

「それは……オ○ンコ」

少年相手におねだりの言葉を吐いてしまったルーゼモニアは、背徳感からよりいっそう性感が高まっているようである。

ミルク色の肌がイチゴミルク色になった。

それと見て取ったキアロは素直に下腹部へと移動する。

金色のふさふさの陰毛の中に顔を突っ込むと、思いっきり息を吸う。

（ああ、これがルーゼモニアさんのオ○ンコの匂い。いい匂い）

綺麗なお姉さんは、どこからでもいい匂いがするものらしい。ルーゼモニアの性臭を胸いっぱいに吸い込んで堪能したキアロは、仰向けにして白い両足を大きく広げさせる。

両手で陰毛をかき分けて、肉裂を割ると、くぱぁと生殖器があらわとなった。

上品な顔とは裏腹に、生々しい秘肉はビシャビシャに濡れていて、卑猥（ひわい）に見えた。しかし、キアロは舌なめずりをする。

「ルーゼモニアさんのオ○ンコ、とっても綺麗で、美味しそう」

「ああん、そういうこと言わないで……」

恥じ入る綺麗なお姉さんの桃色の秘肉に、キアロは舌を下ろした。

ペロペロと女の船底を隅々までさらう。

「ああん、そ、そこ汚いわよ」

恥じ入るお姉さんの忠告など無視して、キアロの舌は、膣穴にズッポリと入る。

ジャシンダと違って経験はあるようで、かなり奥にまで入った。そこでクチュクチュと豪快にかき混ぜる。

「そんな奥まで、舐めないでぇぇぇ」

顔を真っ赤にしたルーゼモニアは、握りしめた左手で口元を押さえながらプルプルと震えている。

どんなに上品で素敵なお姉さんでも、クンニされるのは気持ちいいものらしい。白く長い脚を蟹股にして、酔いしれている。

キアロの鼻先で、陰核もビンビンにしこり勃っていた。

（やっぱりルーゼモニアさんも、ジャシンダさんと同じで、こういうことはあんまり慣れてないっぽい。よし、それなら）

陰核に吸い付いたキアロは、両手を伸ばして、双乳を揉みしだきコリコリの乳首を摘まみ扱きつつ、口内で陰核を飴玉のように転がした。

「ひぃ、何この子、上手、上手すぎる。ああん、ジャシンダったら、こんなお子様と何していたのよ～～～」

執拗に陰核を舐めまわされたルーゼモニアは、ついには背筋をのけぞらせてイッってしまった。

ビクンビクンビクン……

綺麗なお姉さんが、無様な蟹股姿で絶頂したことを見て取ったキアロは、口と手を離した。

「はぁ……、はぁ……、はぁ……」

しばし少年の前で股を開いて脱力していたお姉さんだが、ややあってよろよろと身を起こすと、複雑な顔でキアロの顔を見る。

「もしかしてキアロくん、旅の間中、いつもジャシンダとこういうことをやっていたの？」

「うん、だから女の人を舐めてイカせるのは得意だよ。でも、ジャシンダさんは触らせてくれるけど、なぜか絶対におちんちんは入れさせてくれないんだ」

キアロの無邪気な暴露に、ルーゼモニアは考える表情をする。

「そうね、たぶん、あの子、経験ないだろうし……」

キアロはいきり立つ逸物を、ルーゼモニアに対して誇示した。

「ぼく、ルーゼモニアさんのオ○ンコの中に入れたい」

ルーゼモニアは一瞬、複雑な顔をしてから、ニヘラと表情を崩した。そして、M字開脚で手招きする。

「もう……仕方ないわね。いいわよ、いらっしゃい」

「やったー」

ジャシンダ大好きのキアロであったが、目の前でやらせてくれるという綺麗なお姉さんの誘惑を断ち切れるほどの大人ではなかった。

いや、実はずっと、やりたくて仕方がなかったのだ。

サスキアとの初体験をしたために、女性器の中に逸物を入れたときの気持ちよさを知ってしまっている。そのため何度も入れさせてほしいと、ジャシンダにお願いしてはいたのだが、頑なに入れさせてもらえなかった。

それがようやくできる。理想の相手ではなかったが、逸物が期待に震えてしまう。

「うふふ、慌てないで。さぁ、そのまま奥に押し込んで」

優しいお姉さんに導かれ、キアロの逸物は、念願の膣穴に入れた。

（うお、気持ちいい。やっぱり、オ〇ンコの中におちんちん入れるのって最高に気持ちいい）

二度目の挿入体験に、キアロは歓喜した。

「ああん」

ルーゼモニアも気持ちよさそうだった。

対面の座位での結合。見下ろすと男女の結合部分がよく見える。

興味深く覗き込んでいるキアロに、ルーゼモニアは頬を染めながらも優越感に満ちた表情で質問してきた。

「どお、初めて女の中に入った感想は、気持ちいい？」

どうやらルーゼモニアは、キアロの童貞を食ったと思っているらしい。

違うよ、と言おうと思ったキアロであったが、調子に乗らせたほうが逃げるチャンスができるのではないか、ととっさに判断して演技することにした。

「はい。とっても。ルーゼモニアさんのオ〇ンコの中、温かくてトロトロで、おちんちんがふやけてなくなりそうです」

「うふふ、よかった。キアロくん、とってもいい子だし、わたし気に入っちゃった。ジャシンダのことなんて、わたしが忘れさせてあ・げ・る」

恍惚とした笑みを浮かべたルーゼモニアは、キアロの顎に手をかけると唇を重ねてきた。

「ふむ、ふむ、ふむ……」

単に唇を重ねるだけでなく、ルーゼモニアの舌はキアロの口内に入って、舌を搦め捕り、吸引してくる。

上半身では舌を、下半身では逸物をしゃぶられた。

（ああ、気持ちいい～～～。ルーゼモニアさん、セックスも上手）

綺麗なお姉さんに捕食される快感に、キアロは全身が、脳が蕩けた。

主導権を握ったルーゼモニアは、左右の掌を合わせるように握りしめると、そのまま仰向けに押し倒した。

「ふむ」

接吻し、男の上に跨がった状態になったルーゼモニアは、そのままリズミカルに腰を上下に使い始めた。

「ふむ、ふむ、ふむ」

口が塞がっているので、鼻を鳴らしながら腰をリズミカルに振るう。当然、少年の肉棒は、お姉さんの熱く蕩けた柔肉の中で消化されていく。

（何これ、温かい、やわやわのお肉がおちんちんに絡みついてくる。ルーゼモニアさんのオ〇ンコちゅごい。おちんちんが溶けてなくなりそう。こんなの初めて）

サスキアの膣洞は、もっとコリコリとした軟骨っぽさがあったと思う。どちらが上とか下ではないかもしれないが、女性ごとに個性があることを実感した。

（なら、ジャシンダさんのオ〇ンコにおちんちんを入れたら、どんな感覚なんだろう？）

とっさにそんな疑問が頭に浮かんだ。しかし、それは一瞬のことだった。綺麗なお姉さんに捕食された逸物とともに溶けてしまう。

ドビュ！　ドビュッ！　ドビュビュビュ！

勢いよく噴き出す少年の射精を堪能したお姉さまは、接吻を解いて、上体を起こした。

「あぁん、すごい、すごい量出てるぅぅぅぅ」

気持ちよさそうにのけぞったルーゼモニアは、それから優越感に満ちた表情で見下ろしてくる。

「出しちゃったわね」

「ご、ごめんなさい」

「うふふ、謝ることはないわよ。キアロくんの年で早漏なのは当たり前よ。でも、まだできるでしょ」

ニヤリと卑猥に笑ったお姉さんは、膣穴をキュッと締めてきた。

射精してなお大きかった逸物を絞りあげられたキアロは身悶えながら応じる。

「はぅ、もちろんです。何回でも、何十回でもできます」

「うふふ、何十回はダメよ。さすがに身体に悪いからね」

少年をすっかり虜にしたつもりのルーゼモニアは、顎に手を当てて少し考える表情をした。

「どお、今度は自分で動いてみる？」

「いいんですか？」

ルーゼモニアが主導権を取り続けるのだと思っていたキアロは少し驚く。

「ええ、頑張ってわたしのことを、気持ちよくしてみて」

「はい。頑張ります」

結合したままルーゼモニアは仰向けに倒れた。そのため、キアロは身を起こすことになる。いわゆる正常位となった。

「さぁ、動いてみて」

ルーゼモニアに肩を抱かれたキアロは慎重に腰を動かす。小さな肉棒が、精液の詰まった体内をかき混ぜる。

「うふふ、そんな遠慮しなくていいわよ。本能のままにガンガンきなさい」

「は、はい」

「だからといって、おちんちんを抜いたらダメよ。女が冷めてしまうからね」

ルーゼモニアは両足を、キアロの尻に絡めてきた。

決して逃れられない拘束具に捕らえられたような気分を味わいつつも、キアロは一生懸命に腰を使い、お姉さんの体内をほじった。

グチュグチュグチュ……

「こ、こんな感じですか？」

「あん、難しいことを考えることはないわ。キアロくんのおちんちんでわたしの中をゴリゴリしちゃえばいいの、ああん、小さいのに硬くて、気持ちいい、うん、上手よ、上手。その感じでお願い♪」

年下の男にセックスの手ほどきをするというのは、女の歓びの一つなのだろう。ルーゼモニアは、腰使いを懇切丁寧に教えてくれる。

おかげでキアロは、すぐに女の好きな部分が理解できた。

「あん、激しい♪　いいわ、その感じ……あん」

ブシュッ！

ルーゼモニアが盛り上がり、絶頂する前にキアロが射精してしまっても、彼女が怒ることはなかった。むしろ、その早漏ぶりが愛おしいといった顔をしている。

「次は、わたしの右足を担いでみて」

何度射精しても小さくならない逸物をぶち込んだまま、キアロはルーゼモニアの白い脚を担ぐ。横位となっても、思いっきり腰を使って掘りまくることに変わりはない。

「これでいいですか？」

「ああん、いいわ。小さいおちんちんなのに、気持ちいいところ当たっちゃう」

こうして何度も何度も暴発を繰り返しながらも、レクチャーを受けたキアロは確実に成長していった。

逆に、何度も膣内射精をされたお姉さんは、確実に上り詰めていく。

ルーゼモニアは俯せとなり、その後ろに膝立ちとなったキアロは眼下の白いお尻を握って左右に開いてみた。

（うわ〜こんなに綺麗で素敵なお姉さんにも、お尻の穴ってあるんだよなぁ）

お尻の穴を見学しながら、キアロは腰を使った。

「あん、そこいい、気持ちいい、気持ちいい、気持ちいい、ああ、もう、わたし、イクイクイク、イク〜〜〜」

ついにルーゼモニアも、キアロの射精に合わせて絶頂した。

しかし、キアロは構わず腰を使い続ける。

両手を腋の下から回して、大きく垂れ下がった乳房を揉み込む。

「ああ、ショタちんぽ、ちゅごい。何度出しても、全然小さくならない。もうわたしのオ○ンコの中、キアロくんの精液でいっぱいで破裂しそう……あん」

綺麗なお姉さんがついに壊れだした。白目を剥き、開いた口から舌と涎を出して悶絶している。

（へぇ〜、ルーゼモニアさん、気持ちよさそう。もっともっと気持ちよくなってもらいたい）

嬉しくなったキアロは、もっと楽しんでもらおうと、左手で乳房を揉みながら、右手で陰核をこね回し、さらに踊るように腰を使う。

「ちょ、さすがにわたし、もう、体力限界かも、ひぃ、ひぃ、ひぃ、それ、らめ、らめ、らめ、あん、もうダメ～～～」

ジョ～～～

数え切れぬほどに膣内射精をされたお姉さんは、少年の逸物をぶち込まれている穴と、指先で弄られている肉芽の狭間から熱い飛沫を噴き出した。

（うわ、ルーゼモニアさん潮を噴いた。シーツがビショビショになっちゃったよ）

これではあとの処理が大変であろう。

「はぁ……、ふぅ、はぁ……」

盛大に潮を噴いたお姉さんは、枕に顔を埋め荒い呼吸をして、すっかり脱力している。

（あ、これチャンスかも）

とっさにそう見て取ったキアロは、部屋の隅に置かれていた拘束用の紐を取ってルーゼモニアの両腕を後ろ手に縛り上げた。

「え？　な、何……？」

完全に惚けていたルーゼモニアは、両腕を縛られるに任せてしまった。

慌てて事態を悟って暴れたので、キアロは吹っ飛ばされる。

ドカ、ガラガラガラ……

何か箱が落ちた。

「いたた……」

寝台から転げ落ちたキアロは、床にバラまかれた箱の蓋が開いて、何やらコケシのようなものが転がり出ているのを見つけた。

色は毒々しい紫。周りにはブツブツと突起がついたなんとも凶悪な、禍々しい雰囲気のする物体だった。

「なんだろ？　これ」

不思議に思ったキアロが何げなく手にしたものを見て、寝台で両腕を拘束されていたルーゼモニアが本気で焦った声を出す。

「そ、それは違うの!?　友達が悪ふざけでプレゼントしてきたから、処理に困ってそこに置いておいただけ。わたし、そんなの使ってないからね」

焦るルーゼモニアの突き出された白い尻と、何やら不気味な物体を見比べて、キアロは不意に悟った。

「ん？　あ、そっか。これっておちんちんの模型ですね。もしかして、ルーゼモニアさん、普段、こんな大きなもの入れているんですか？」

「い、入れてない。入れてない。そんな太いの入れたら裂けるから」

ビショビショのベッドの上、俯せで両腕を背中に拘束されているお姉さんは、白濁液の溢れる尻を振るって、イヤイヤイヤと言い訳をしている。

ルーゼモニアの焦り具合から、唐突に嗜虐的な気分になったキアロは、男根の張り形に軽い魔力を流してみる。

ブブブ～～～ン
腹に響く低音とともに、荒々しく振動を始めた。

それを騎して、改めて寝台に乗る。

「普段、こんな大きなもので楽しんでいたら、ぼくなんかのおちんちんじゃ満足できませんよね。いま入れてあげます」

「待って、待って、使ってない！　本当に使ってないから！」

必死の形相で訴えるルーゼモニアであったが、心行くまでセックスを楽しんだ直後であり、さらに両腕を後ろ手に拘束されていたのでは、満足に動けなかった。

その間にキアロは、凶悪な振動をしている極太バイブを、精液のたっぷりと詰まった膣穴に添える。そして、力任せに押し込んだ。

「ひぃぃぃぃぃぃ!?　ダメ、ダメよ、うほ、うほほほほほほぉぉぉぉぉ」

優しくて清楚なお姉さん像が台無しになるような野太い声とともに、両の紫色の目を裏返して白目を剥き、鼻の下を伸ばして、大口を開き、だらしなく舌を出すという、なんとも締まりのないアへ顔になってしまった。

尺取り虫のように白い尻をビクンビクンと上下させる。

よし、これなら追ってこられないだろう。安堵したキアロは寝台から下りて、一礼した。

「今日はありがとうございました。優しくしてもらえて嬉しかったです」

「ま、待ちなさい、うほほほ」

キアロが出て行こうとしていることを察したルーゼモニアは、奥歯が合わさらない状態のようであったが、必死になって訴える。

「子供が一人で外に出てはダメよ。町にある山犬っていう傭兵団を頼りなさい。いい、わかった」

「でも、傭兵なんて雇うお金、ぼくにはないよ」

自慢ではないが、キアロは無一文だ。

「いいから、わたしの名前を出せば、なんとかなるわ。それから、そこにあるわたしのお財布、持って行っていいから」

「え、そんな……そこまでしてもらうわけには」

「いいから、子供は遠慮しない」

一喝されてキアロも思い直した。

たしかに何をするにもお金は必要だろう。

「何から何までありがとうございます」

キアロは厚意に甘えて部屋を出る。

それを見送りながら、ルーゼモニアはため息をつく。

「あんな子供にしてやられるだなんて……んっ、うんん」

極悪バイブの快楽に身を任せそうになって、ふとルーゼモニアは我に返る。

「ちょ、ちょっと、こんな姿で放置されて、わたし、どうなっちゃうの⁉　これが他の女のショタっ子を寝取った天罰？　ううん、ダメ、キアロくんのザーメンがお腹の中でかき混ぜられて、はぅ～～何も考えられない、ううん、気持ちいいぃぃぃ……」

かくして、涙目になったルーゼモニアは白い尻を高く翳して振り回しながら、一晩中、極太バイブに翻弄された。

第五章　山犬傭兵団

「えーと、ここがルーゼモニアさんの言っていた傭兵団か」

サラマンカの町の表通りの一等地に、その傭兵団の事務所はあった。

深夜、というよりも、明け方である。

こんな時間にお邪魔して迷惑ではないだろうかとためらっているところに、何やら奇声が聞こえてきた。

声に釣られて、建物の裏に回ると、中庭のような場所で、燃えるような赤毛のお姉さんと、キアロと同世代の少年が、剣の稽古をしている。

というよりも、赤毛のお姉さんに少年が一方的にボコられているといったほうが正しいだろうか。しかし、少年は怯まずに挑んでいる。

(うわ、ぼくとそう変わらないだろうに、すごいな)

状況的に見て、傭兵団の人たちが、朝練をしているのだろう。

一段落したところで声をかけようと待っていると、向こうから気づかれた。

「何覗き見しているんだ、てめぇ。つーか、だれだ、おまえ」

ガラの悪い少年がキアロに近づいてきて、ガンをつけてくる。

「ひ、いや、ぼく、ルーゼモニアさんに言われて、ここに来ました。キアロといいます」

「ああん？　てめぇルーゼモニアさんとどういう関係だウギャッ！」

ガツン！

背後から木刀で殴られた少年は、両腕で頭を押さえて屈み込む。

加害者のお姉さんは、涙を流して悶絶している少年を無視してキアロに丁寧に話しかけた。

「話は中で伺いましょう。どうぞ」

傭兵団に依頼にきた客として対応されたのだろう。建物の内に通された。

応接室のテーブルにつき、赤毛のお姉さんが礼儀正しく口を開く。

「わたしはダイアナと申します」

「俺はアッシュだ。先輩、こいつ金持ってなさそうだぜグガ！」

ダイアナは無言のまま右ストレートを放ち、アッシュくんの顔は盛大に歪んだ。

「失礼しました。どうぞこのバカのことは気にせずに、なんでもお話しください」

唖然とするキアロに対して、ダイアナは何事もなかったかのように促してくる。

床に倒れ込んで泡を吹いてピクピクしている少年のことは気になったが、とにかく話を聞いてもらうことにした。

「少々お待ちを」

　一通り事情を聞いたダイアナは席を立つと、伸びている少年の左足を持って引きずりながら部屋を出て行った。

　しばらくすると赤毛のお姉さんが一人で戻ってくる。おそらく裏でだれかと協議してきたのだろう。

　再び席に着いたダイアナは、硬い表情のまま口を開く。

「あなたからの依頼は、受理できません。しかし、ルーゼモニアからの紹介でもありますし、しばらくここに滞在するといいでしょう」

「ぼく、ジャシンダさんを捜しに行かないと」

　この傭兵団が味方をしてくれないというのなら、キアロがここに滞在する理由はない。

　ジャシンダは怪我をしているかもしれない。独りで心細く思っているかもしれない。食事をしているかも心配だ。

　いても立ってもいられないキアロは、ただちに立ち上がった。

　それをダイアナが止める。

「あなたの依頼は、我らが動かなくとも叶うと判断したのです」

「え？」

「山犬は鼻が利きます。無駄に動き回るよりも、ここで果報を待つことをお勧めします」

　赤い眼光に射すくめられて、キアロはためらった。

「そ、それじゃ、少しだけお世話になります」

騙されているかもしれない、とは思った。しかし、この傭兵団が自分を騙す理由が思いつかない。この提案を振り切って、キアロが独りで外に飛び出したところで、ジャシンダに再会できる可能性だって低いのだ。

それならと、藁にも縋る思いで、山犬傭兵団に滞在させてもらうことにした。

ただ飯を食うのも心苦しいので、山犬傭兵団に所属する傭兵たちが待機している依頼受付所兼食堂兼酒場で、皿洗いをさせてもらう。

「なぁ、なぁ、ルーゼモニアさん、元気だったか?」

流し台にいるキアロに親しげに話しかけてきたのは、アッシュという少年だった。

同世代の同性ということで、親近感を持ってくれたのかもしれない。

「え、ええ、まぁ……」

彼の話すところによると、父親は王都で左官屋だったらしい。その後、戦災で両親を失い途方に暮れていたところを、この傭兵団に拾われたのだそうだ。

そして、ルーゼモニアに育ててもらった。

「ルーゼモニアさんって、ここの出身だったの?」

驚くキアロに、アッシュは首を横に振るった。

「いまも昔も、山犬だよ。騎士をやっているのは、依頼されて出向いているだけ」

「はぁ」

どうも、この少年は騎士より、傭兵のほうが偉いと考えているようである。

「ルーゼモニアさんっていい女だよな。優しくて、綺麗で、巨乳で、スタイル抜群で、マジ女神。俺さ、ルーゼモニアさんに優しく導いてもらって、童貞卒業するのが夢なんだよな。なぁ、おまえもそう思うだろ？」

「そ、そうなんだ。ルーゼモニアさん、美人だもんね」

実はすでにルーゼモニアとエッチしているキアロとしては返事に困った。

もし、エッチした挙句に、拘束してバイブをぶち込んで逃げてきたなんてことを、この少年に知られたら殺されかねない。

そんな与太話をしていると、ダイアナがアッシュの耳を引っ張って連れて行く。

「他人の仕事を邪魔するくらいなら、適当な依頼を解決してこい」

「放せ！　この狂暴女――――ッ」

アッシュの悲鳴を聞きながら、キアロは苦笑して見送る。

（ダイアナさんも美人だと思うんだけどなぁ。ジャシンダさんに少し似ているし）

昼食が終わり、夕食の繁忙期の仕込みをしていたときだ。

山犬傭兵団の事務所の出入口、両開きの扉が開き、漆黒の髪の女が入店してきた。

※

「え、ジャシンダさん」

キアロは驚愕し、それを見返したジャシンダも目を見張った。

「キアロ、どうしておまえがここに⁉」

お互いまさかここで再会するとは夢にも思っていなかったのだ。二人は奇跡のように感じたが、予定調和と考えていた者もいたようである。

頭上から大きな声がかかった。

「娘っ子。久しいな」

二階の踊り場から顔を出していたのは、七十近い爺さんだった。背は低く、頭は禿げ上がっており、辛うじて残っている左右の頭髪も白い。

それは山犬傭兵団の団長ケルベロスである。この傭兵団にお世話になるようになったキアロは、何度か見かけたことはあったが、会話をしたことはなかった。

「御老も元気そうで何よりです」

ジャシンダは礼儀正しく応じた。

「事情はだいたい、そこの小僧から聞いておる。上がってこい」

傭兵団長の部屋に、ジャシンダは招かれる。キアロもついていこうとしたが、鼻先で扉を閉められた。

二人っきりとなったところで、ケルベロスはグラスに入った水を勧めながら厳かに告げた。

「先に断っておく。うちは協力できん」

「当然だな」

アーダーンは、オルシーニ・サブリナ二重王国から総督に任じられた公人である。これを殺すことに加担したとあれば、山犬傭兵団は二重王国から公敵と見なされることになる。それは市井の一傭兵団にはあまりにもリスクが大きい。

「しかしまぁ、おまえさんが勝手にやるという分には止めはせん」

「なるほど、この町としても、二重王国のくびきは邪魔ということだな」

老人は首を振るった。

「狡猾だと軽蔑してくれて結構。その代わりというわけではないが、あの少年のことは、うちで面倒を見よう」

「感謝する」

若い娘は深々と一礼する。老人は視線を逸らした。

「部屋を一つ用意した。今夜一晩ぐらいは身の安全を保証してやる。風呂にでも入ってゆっくり休め。……思い残すことのないようにな」

※

団長室の扉が開き、黒髪の女が一人で出てきた。

その扉の前で忠犬のように待っていたキアロは、喜び勇んで駆け寄る。

「ジャシンダさん、話はついたの？」

「ああ」

「よかった」

キアロは心から安堵した。

山犬傭兵団の協力が得られれば、ジャシンダの本願成就の可能性はもちろん、身の安全度も上がるだろう。

そんな少年の早とちりを、ジャシンダはあえて訂正しなかった。

「それにしても、まさかおまえがここにいるとは思わなかったぞ」

「ジャシンダさんこそ、なんでここに？」

「まぁ、その話は飯を食いながらしよう」

食堂に行き、一番美味いと評判の料理を頼む。

「お酒は？」

「いらない。アルコールの入ってないものを頼む」

店の手伝いをしていたアッシュの質問を、ジャシンダは断った。

酒を飲んで油断するつもりはない、ということだろう。

席を離れる前にアッシュが、キアロに耳打ちしてくる。

「これがおまえの憧れの姉ちゃんか。たしかにめっちゃ美人だけど、ダイアナ先輩と同じぐらいヤバい女に見えるぞ」

「あはは」

いや、たぶん、ダイアナさんよりも絶対にヤバい女だと思うよ、と内心では思いながらも、キアロとしては乾いた笑いで受け流した。

その後、野宿をしていたときとは比べ物にならない美味な食事を摂りながら、教えてもらったことによると、その昔、ジャシンダがメリシャント王国の騎士だった時代に、山犬傭兵団を雇ったことがあるらしい。

そのときルーゼモニアと知り合い、その腕に惚れ込んで、メリシャント王国の騎士に推挙したのだそうだ。

「へぇ」

また、町外で戦ったとき、ルーゼモニアから抜け道を教えてもらった。それゆえにサラマンカの町に入り、山犬傭兵団の事務所に来ることができたのだ。

「さっすが、ルーゼモニアさん。何をやっても手抜かりがない」

いつの間にかテーブルに交じっていたアッシュが手を叩いて喜ぶ。

「おまえは邪魔をするな」

ダイアナが、アッシュの耳を引っ張って連れていく。

「イタ、イタタ、取れる。耳が取れるぅぅぅ……」

悲鳴をあげる少年を見送りながら、ジャシンダは目を細める。

「あの子と友達になったのか？」

「ええ、まぁ」

「そうか。同世代の友達もできたか。ならもう心配はないな」

何やら悟った表情を浮かべたジャシンダは、食後の紅茶を飲んだ。

賑やかな晩餐が終わって、キアロとジャシンダは山犬傭兵団が用意してくれた部屋に向かう。

個室に入り、扉が閉じた瞬間。二人は向き合った。

「ジャシンダさん」

「キアロ」

別れたときには、もう二度と会えないと思っていただけに、再会の喜びもひとしおである。

二人はごく自然と腰を抱き合った。ジャシンダの大きな胸の谷間にキアロは顔を埋める。

そこからキアロは顔を上げ、ジャシンダは顔を下げた。

二人の唇は磁力でもあるかのように近づいていき、そして、くっついた。

「う、うむ、うむ」

くっついてしまった唇は、糊付けされてしまったかのように離れない。二人は唇を吸い、擦り合わせる。それだけでは飽き足らず、口を開いて、互いの舌を絡め合う。

男と女は身体を密着させて、夢中になって接吻した。

そのため少年の股間の高ぶりが、お姉さんの下腹部に押し付けられる。

それと気づいたジャシンダは手を下ろし、キアロの股間から逸物を引っ張り出す。

ピョンッと元気よくはね上がった肉幹を摘まんだジャシンダは、シコシコと扱いてくる。

それを受けてキアロもまた、ジャシンダのホットパンツを引きずり下ろす。

ショーツの裏地と股間の間には濃厚な糸が引いていた。

その狭間に手を入れたキアロは、肉裂に指を入れて、クチュクチュとかき混ぜる。

「うん、うむ、うむ……」

口が塞がっているジャシンダは、鼻を鳴らしていた。

(うわ、ジャシンダさん、すごい濡れている。ジャシンダさんもぼくとこうしたかったんだなぁ)

互いの愛を共感しあった男女は、ただひたすらに接吻し、互いの性器を弄りあった。

逸物の先端からは先走りの液体が溢れ出し、女性器からも熱い蜜が溢れて、内腿を濡らす。

キアロは中指で、ジャシンダの陰核を正確に捉えて、クイクイとかき上げてやる。

「うん……」

綺麗で強いお姉さんは、両足を内股にしてプルプルと震わせている。

(うわ、ジャシンダさんって格好つけているけど、実はクリトリスとかすっごい敏感なんだよね。ほら、中身の真珠をクリクリと左右に擦ってあげると、もうイッちゃう)

キアロはだれよりもジャシンダのことを見ている。それだけに絶頂の予兆もわかるようになっていた。

大好きなお姉さんを楽しませたくて、キアロは指の動きを一気に加速させた。

クチュクチュクチュクチュクチュ……

「ふむ……はぁ」

キアロの身体にギュッと抱き着いたお姉さんは、握りしめていた逸物から手を離し、同時に接吻を解いて大きく息をする。

「ジャシンダさん……」

いまにも暴発しそうな逸物を震わせて、期待に満ちた表情で見上げてくる少年の耳元に、ジャシンダは唇を近づけた。

「今夜は、最後までするぞ」

「え、それって……」

歓喜の表情で確認を求めてくる少年に、若干、ためらった表情を浮かべたあと、ジャシンダは頷いた。

「セックスをしよう」

濃厚なペッティングはさせてくれるのに、挿入だけは決して許さなかったジャシンダが、処女であることは、キアロも見抜いていた。

それだけにセックスをさせてくれるとはなかなか思っていなかったのだ。

「っ」

目を見開いて硬直しているキアロに、ジャシンダは照れくさそうに顔を背ける。

「ああ、おまえがやりたいならだけどな」

「やりたいです！」

キアロは即答した。そして、いまにも押し倒しそうな勢いで抱き着いてくる。

「ジャシンダさんのオ〇ンコに、おちんちん入れてズボズボしたいです」

「こら、そういうことを大きな声で言うな」

部屋の外に聞こえないかと慌てるジャシンダを他所に、高ぶったキアロはその手を取って寝台に向かう。

それをジャシンダはたしなめる。

「ちょ、ちょっと待て。わたしにも見栄がある。やる前に身体を綺麗にさせてくれ」

「え〜〜〜」

一分一秒でも早くジャシンダと一緒になりたいという顔のキアロに、ジャシンダは首を横に振るう。

「わたしは何日も野宿していたんだぞ。そんな裸をおまえに見せられるか」

「ぼく、気にしないけど……」

「わたしが気にする。綺麗な姿でおまえにやられたいんだ。その後なら、おまえの望み通り好きなようにやらせてやる」

ジャシンダの顔が思いのほか真剣だったので、キアロは手を放した。

「わ、わかりました。約束ですよ」

「ふぅ、ああ、約束だ」

安堵するお姉さんに、無邪気な少年は言い募る。

「それじゃ、ぼくもお風呂に一緒に入っていいですか？　ジャシンダさんの身体、隅々まで綺麗にしてあげます」

「ったく、わかった。一緒に入ろう」

かくして、キアロとジャシンダは部屋に備え付けられていた風呂場に向かう。

さすがは都会の部屋ということだろう。蛇口を捻(ひね)っただけで水が出て、脚を伸ばせる浴槽に溜められる。さらに備え付けの魔法宝珠であっという間に温かくなった。

「キアロ、これは洗っているとは言わないと思うが……」

ジト目を作るジャシンダの背後から抱き着いたキアロは、腋の下から手を入れて、弾力に満ちた豊乳を思う存分に揉んでいた。

一応、申し訳程度に石鹸の泡はついている。

「洗っているんですよ」

嘯いたキアロは、乳首の突起を根本から摘まみ、泡とともにシコシコと扱きあげる。

ついでにいえば、キアロの小さいが石のように硬くなっている逸物は、ジャシンダの引き締まった尻の谷間に挟まって存在感を主張していた。

「あと、ここもよ〜く洗わないと……あとでぼくがたっぷりと舐めるし……」

乳房を思う存分に揉んだあと、キアロは右手を下ろして、ジャシンダの股間に入れた。

そして、黒々とした陰毛で石鹸をシャコシャコと泡立てる。

「あん、まったく、仕方のないやつだ。男というのはみんなこういう生き物なのかな」

すっかり浮かれているキアロにあきれながらも、ジャシンダは好きにさせてくれた。

「そろそろいいだろ。ほら、今度はわたしが洗ってやる」

向きを変えたジャシンダは、今度はキアロの背中から抱き着くと、両手を腋の下から回してきた。

当然、大きな二つの乳房がキアロの背中に押し付けられる。

「はぅ」

その極楽な弾力に、キアロは恍惚となる。

今度は攻守が逆になった形だ。

ジャシンダはキアロの胸元を洗ったあと、股間に手を回してきた。

無毛の逸物を摘まみ上げたお姉さんは、少年の生殖器を洗う。

「まったく、かわいい顔して、おちんちんだけは一丁前だからな」

「はぁ、はぁ、はぁ……」

背中に乳房を押し付けられ、臀部には陰毛のシャリシャリした感触。さらに逸物を洗われる幸せにキアロは酔いしれる。

しかし、至福の時間は長くは続かなかった。なんとジャシンダは逸物の包皮を剥いてきたのだ。

これにはキアロは悲鳴をあげる。

「ジャシンダさん、痛い」

「我慢しろ。男の子はここが剥けていないと女の子にモテないぞ」

「そ、そうなんですか？」

懐疑的なキアロに、ジャシンダは大真面目に頷く。

「ああ、包茎ちんちんが好きな女なんて、拗(こじ)らせた変態女ばかりだ」

自身で拗らせているという自覚のあるジャシンダは、少年の剥き出しの急所を左の掌に包み、すりこぎのように磨いた。

「はぅ、はぅ、はぅ……」

「まったくこんなに恥垢をつけて。こんなおちんちんを見たら、普通の女はヒクぞ。手間がかかる」

「ひぃ、ううう」

剥き出しの亀頭部を磨かれて、キアロは恍惚として立ち尽くしてしまう。

痛いのが、気持ちいい。射精こそしていないが、先走りの液が大量に溢れ出してしまう。

「よし、綺麗になったな。次はこちらを向け」

キアロは身体を反転させられた。目の前にジャシンダの乳房がくる。

反射的に顔を埋めようとしたが、その前にしゃがまれてしまった。

先走りの液を垂れ流しながら、ピクピク痙攣している逸物の前に顔を近づけたジャシンダは、自ら大きな乳房を両手で持ち上げると、その谷間に逸物を挟んできた。

「うお」

キアロは歓喜の声をあげてしまった。

(うわ、ジャシンダさんの大きなおっぱいの中に、ぼくのおちんちんが包まれた)

ジャシンダの乳房は大きくて弾力に満ちている。それに逸物を包まれるのは極上な体験であるが、それ以上に大好きなお姉さんのおっぱいで逸物を包まれるという光景が、否応なく少年を極楽に連れて行く。

「まったく、締まりのない顔だな」

「はぁ、はぁ、あぁ……だってぼく、ジャシンダさんとこうやって身体の洗いっこするの夢だったし、ジャシンダさんのおっぱい、最高」

キアロの喜びように感化されたジャシンダは嬉しそうに笑うと、さらに胸の谷間から飛び出した真っ赤に腫れあがった亀頭部に向かって舌を伸ばし、まるで親猫が仔猫の傷を舐めて癒やすように優しくペロペロ舐めてくれた。

剥かれた亀頭部は空気に触れているだけで痛かったが、唾液でコーティングされたことで痛みが薄らぐ。

残ったのはただただ強い性感であった。

「き、ぎもぢいい……うおおおおおおおおお」

のけぞってしまったキアロは、お姉さまの胸の谷間に包まれた肉筒から大量の白濁液をまき散らす。

バシャッ！　ドビュッドビュッドビュッ！！！

糸を引くようにして大量に噴き上がった精液が、ジャシンダの顔から胸元に浴びせられて、真っ白に染まった。

※

「今度はぼくの番ですよね」

射精を終えたキアロは、精液まみれのジャシンダを立たせると、自らは屈み込み、お姉さんの股間に顔を近づけた。

そして、濡れた陰毛をかき分けて、肉裂を割る。

「うーむ」

キアロの不満そうな声を聞いて、ジャシンダが促す。

「どうした？」

「いや、ジャシンダさんのここって毛があって、よく見えないなって思って」

「そうか？　わたしは大人だからな」

顎に人差し指を添えて少し考えるジャシンダは、不意に名案が浮かんだようだ。

「なら、剃るか」

「えっ⁉」

戸惑うキアロに、ジャシンダは頬を染めながらも真面目に答える。

「おまえはわたしのオ〇ンコを隅々まで見たいのだろ。それなのに陰毛が邪魔で見えないというのなら、剃毛するしかないじゃないか」

「い、いいんですか？」

驚くキアロに、ジャシンダは頷く。

「今夜はおまえが望むならなんでも叶えてやる約束だからな」

「うわ、ありがとうございます」

歓喜するキアロを前に、ジャシンダは剃刀を用意すると、湯船に腰かけて自らの陰毛で石鹸を泡立てた。

「うわ〜」

キアロが注視する前で、ジャシンダは自らの陰毛をシャリシャリと剃り落としていく。

綺麗なお姉さんの陰部がみるみるうちに、丸坊主になっていく光景をキアロは目を皿のようにして見守る。

最後にお湯で流してから、ジャシンダは自らの割れ目を人差し指一本で隠す。

「ほら、望み通り剃ってやったぞ」

「見せて、見せてください。ジャシンダさんのオ〇ンコ、隅々まで見たい」

猿のようにキャッキャッと喜んだキアロは、ジャシンダの腰に抱き着くと、その指をどかす。

「あ、こら、これはわたしも、結構恥ずかしいんだぞ」

人工パイパンになってしまった二十歳のお姉さんは、まだ毛も生えない少年の前で開脚させられる。

「そうだ。せっかくだから、ジャシンダさんのオ〇ンコをよく見たいな。お風呂に入って、お湯に浮くようにして股を大きく開いて」

「こうか？」

言われるがままに、浴槽に仰向けになって入ったジャシンダは、縁の四方に手足を置いて、湯の浮力に任せて浮かんだ。

キアロは、その下に身体を投げ出すようにして湯に入り、股の間に顔を近づける。

「うわ、ジャシンダさんのオ〇ンコだ。いい匂い」

膣穴に鼻先を近づけたキアロは、クンクンと匂いを嗅ぐ。

「こら、やめなさい」

「だって本当にいい匂いだよ。ぼく一日中だって嗅いでいたい」

「まったく、このエロガキ……」

無邪気な少年に局部を視姦されながら、ジャシンダは右手で額を押さえる。

その間にキアロのほうは、ジャシンダの膣穴に左右の人差し指を入れて、左右に豪快に開いた。

「へぇ～、ジャシンダさんのオ〇ンコの中ってこういうふうになっているんだ」

「これは予想以上に恥ずかしいな」

羞恥に顔を赤くするジャシンダの膣穴の奥を覗いていたキアロは、ピンク色の粘膜の中に白っぽい半透明なものを発見した。

（あれって、サスキアさんや、ルーゼモニアさんにはなかったよな。ということは、あれがジャシンダさんの処女膜かな？　でもまぁ、ジャシンダさんって処女であること隠したがっているみたいだし、黙っておこう）

大人の対応をしたキアロは、綺麗なお姉さんの粘膜に口づけをした。

まずは丁寧に粘膜を舐めまわしてから、会陰部（えいんぶ）を通って肛門まで舐める。

「ちょっと、どこ舐めているの。汚いわよ」

「お風呂入っているんだし、ジャシンダさんの身体に汚いところなんてないよ」

キアロは肛門をほじるようにして舐めた。

「ああん、ダメだっていっているのに……」

嫌がりながらも、その声は蕩けている。

（あれ、ジャシンダさん、実はお尻の穴を舐められても気持ちいいんだ）

昼間、友達となったアッシュとした猥談を思い出した。そこで教えてもらったのが、「気の強い女はアナルが弱い」という豆知識だ。

そのときはまさか、と思ったのだが、試しに舐めてみるとジャシンダが意外と感じているることに驚いた。

（でも、アナルを舐めても感じているだけで、絶頂するって感じじゃないな。ジャシンダさんの好きなのはやっぱりこっちだよな）

ある程度、アナルを舐めて満足したキアロは、陰核に吸い付く。

「ああ」

ビクン
湯に浮かぶジャシンダの裸体が震えた。

キアロは手慣れた舌捌きで陰核の皮を剥いて、中身を舌先に乗せて左右に転がす。

「ああん、それ、ダメぇぇぇ」

ビクビクビクビク
急所を捉えられたジャシンダは口元を手で押さえて、全身を痙攣させる。

(やっぱりジャシンダさんってばクリトリスよわっ⁉)

旅の間中、夜はジャシンダの舐め犬を務めたのだ。

どのように舐めたらジャシンダが喜び、絶頂するかはすでに把握している。しかし、すぐにイカせたら面白くないことも知っていた。

じっくりととろ火で炙ったほうが、より深い味わいが出るのは、食用のお肉も、女体も同じだ。

ジャシンダがイク直前で、陰核から口を離した。

「ふぁん」

ジャシンダの腰がピクピクと痙攣している。おねだりをしたいのだろうが、まだ、プライドが邪魔をしている。

（ジャシンダさん、いつもより反応いい感じ。ならこんなのはどうかな？）

ちょっとした悪戯を思いついたキアロは、膣穴に口づけをすると、そこに向かって思いっきり息を吹き込んだ。

「ふぁ！」

膣洞を風船のように膨らまされたジャシンダは、驚きに目を見張る。

（へぇ、ジャシンダさんこういうのでも感じるんだ）

女体の秘密を新たに解き明かしたキアロは、気をよくして膣穴を思いっきり吸った。ついで思いっきり吹く。吸った。吹く。

それを繰り返す。

「や、やめなさい、ああ、ああ」

少年に玩具にされたお姉さまは、無様に悶絶している。

また、キアロの目の前で、剥き出しにされた陰核が、ビンビンにしこり勃っていた。

そこでキアロは、膣穴を吹奏楽器にしながら、陰核を摘まんで扱いてやる。

「ひぃいいいいいぃ」

ジャシンダは湯船の上で大股開きになりながら、クリトリスを吊り上げられたかのように無様に腰を高く掲げて絶頂した。

プシャッ
キアロの鼻先に熱いゆばりが少しかかった。

ジャシンダが絶頂したことを見て取ったキアロは、クンニをやめる。弄ばれてしまったお姉さまは湯船に腰を落として、息を整える。

「まったく、こういうことばかり上手くなるな。おまえは」

少年にイカされたのが恥ずかしいのか、ジャシンダは怒ってみせる。

「ぼく、ジャシンダさんをどうやって楽しませようって、そればかり考えているからね」

「はぁ～、その年から、こんな女好きになっちゃって、将来が心配だわ」

「ぼくが好きなのは女じゃなくて、ジャシンダさんだよ」

不満をあらわにしたキアロの主張に、ジャシンダは肩を竦める。

「はいはい、ありがとう、ん!?」

ジャシンダは唐突に身震いした。

「どうしたの？」

「いや、ちょっと長湯をしすぎたわね。少し身体が冷えたみたいだ」

「あ、もしかしておしっこしたくなった？」

子供ならではのデリカシーのない指摘に、ジャシンダはそっぽを向く。キアロは構わず抱き着いた。

「このましてよ」

「え⁉」

目を剥くジャシンダに、目をキラキラさせたキアロは懇願する。

「ぼく、ジャシンダさんのおしっこするところ見てみたい。ねぇ、いいでしょ。今夜はぼくのお願いをなんでも聞いてくれるっていったじゃん」

「はぁ～、わかったわよ」

深くため息をついたジャシンダは、頷いた。

「それじゃ、そこに両手をついて、お尻を突き出して」

「こ、こう？」

ジャシンダは湯船の中で立ち上がり、縁に手をかけるとお尻を突き出した。大きな尻が湯船から上に出る。

キアロは肉裂を割って、尿道口を晒す。

「さぁ、おしっこをするところを見せて」

「……」

ジャシンダはしばし踏ん張ったあと、悲鳴をあげた。

「ちょっと無理よ」

「え～、ぼくジャシンダさんの全部を見たいのに……」

不満なキアロは、尿道口を指で突っついてやった。

「あん、やめて、ほんとに出ちゃいそう」

「だから、出してよ。ジャシンダさんのおしっこ」

「ああ、もう、そんなところにいたら、かかっても知らないからね」

尿道口が開き、チョロッと仔蛇のような液体が噴き出した。それが呼び水となって勢いよく液体が噴き出す。

ジョボジョボジョボジョボ
湯船にまき散らされる。

「うわ、ジャシンダさんのおしっこだ」

羞恥に頬を染めながら放尿する大好きなお姉さんの姿に歓喜したキアロは、両手で液体を掬う。

「いい匂い」

ジャシンダのおしっこからは、夕食のときに飲んだ紅茶の香りがした。さらに飲んでみようとしたところを、ジャシンダの手で払われた。

「汚いからやめなさい」

「あっ」

「まったく、これだから子供は……」

不満顔のキアロを、ジャシンダはあきれ顔で叱る。

「そんなことよりそろそろ上がるぞ」

「……」

「そんな顔をするな。そろそろベッドに行こう」

ジャシンダはキアロの機嫌を取るように耳元で甘く囁く。

「わたしのオ○ンコにおちんちんは入れたくないのか？」

「入れたいです！」

逸物をはね上げた少年は間髪を容れずに応じた。

「なら、行くぞ」

「はい」

キアロとジャシンダは、湯船の湯を捨てて、互いの身体をシャワーでもう一度洗ってから風呂場を出た。

※

「さぁ、おいで」

薄暗い寝室にあった寝台に、バスタオルを巻いたまま乗ったジャシンダは、それを解いた。

そして、股を開くと左手でパイパンの陰阜を開きつつ、右手で手招きをする。

(大丈夫。初めてのときは痛いというけど、運動する女の処女膜は破れていることが多いという。それにこいつの指でさんざん、ほじられたからな。破れている可能性は大いにある。多少、痛くても我慢すればバレない)

処女であることを隠して初体験しようとしているお姉さんの、必死の色っぽい演技はとりあえずの成功を収めているようだ。

「行きます」

歓喜したキアロは、バスタオルを投げ捨てて素っ裸になるや否やはねるようにして寝台に飛び乗った。そして、そのままジャシンダの大きな胸に顔を埋める。

「あ、こら、そんなにがっつくな」

慌ててジャシンダが止めるも、キアロのいきり立つ逸物は狙い違わず、膣穴に添えられた。

ズル、ズボリ……！

あっという間に少年の逸物は、お姉さんの体内へと一気に押し込まれた。

「うほっ」

性欲の化身となった少年の勢いに圧倒されたジャシンダは、思惑をぶっ壊されてのけぞってしまう。

柔らかい粘膜が少年の逸物を包み込む。

「ああ、これがジャシンダさんのオ○ンコの中なんだ。き、気持ちいい」

初恋のお姉さんとついに結合できたのである。キアロは頭の中が真っ白に焼けたように感じた。

(あの忍者のオバサンはコリコリとした感じで、ルーゼモニアさんはやわやわってした感じだった。それに対してジャシンダさんのオ○ンコの中は、ザラザラってした感じだ。ブツブツしたお肉が絡まってきて最高に気持ちいい。ジャシンダさんのオ○ンコってすっごい名器なのかも)

膣洞の構造は、サスキアやルーゼモニアとそう違うものではなかったのかもしれない。しかし、感情は感覚を高めるものだ。キアロは歓喜に打ち震えた。

「ねぇねぇ、感じる？　ジャシンダさんのオ○ンコの中に、ぼくのおちんちんがズッポリ入っているよ」

「そ、そうか、それはよかった。あ、こら、ちょっと、落ち着け、あん、あん、あん」

喜び勇んだキアロは、ジャシンダのおっぱいの谷間に顔を埋めたまま、夢中になって腰を上下させた。

パン！　パン！　パン！　パン！　パン！

キアロの鼠径部とジャシンダの鼠径部がぶつかりあう音が響き渡る。

「ひぃ、ひぃ、ひぃ、ひぃ」

ジャシンダは初体験であったが、キアロにとっては、三人目の女性である。その腰使いは荒々しくも的確だった。

年上の女として、処女であることを隠したかったジャシンダは、悲鳴を噛み殺そうと前歯を必死に閉じるのだが、唇は捲(まく)れてしまう。

ジャシンダにとって幸いであったことは、いくら腰使いが激しくとも、キアロの逸物は所詮お子様サイズであったことだ。

いくら暴れ回られても、その小ささならば耐えられると思った。

しかし、そんな希望的な観測はすぐに失われる。

キアロの亀頭部が、ズンズンと女の最深部を打ち据えてきたのだ。

「え、ウソ、当たっている。キアロのおちんちんがわたしの子宮口に当たる、なんで、ああ、子宮が、子宮が揺れちゃう！」

ガツン！　ガツン！　ガツン！

初めは小さく届かなかったはずの逸物が、連続して子宮口を突きだした。

まさか当たるとは思わず油断していたジャシンダは、子宮を揺さぶられるという初めての体験に、余裕を失ってしまう。

「うご、あが、うほ」

口元からは涎を噴き、白目を剥いてしまった。

ジャシンダはキアロの逸物が伸びたと感じていたが、違う。逆だ。ジャシンダの子宮口が下がったのである。

女は本気で感じるとき、妊娠しやすいように子宮が下がるようにできているのだ。

それと自覚していなかったジャシンダは、少年の小さいが、鋼のように硬く、それでいて熱くたぎった逸物で子宮口を連続で突かれて、理性を完全に砕かれた。

「ジャシンダさ～ん、もうイク～～～」

巌をも砕かん勢いで腰を振るっていた少年が、その硬い逸物を子宮口に押し付けたまま、爆発するように射精する。

ドビュ！　ドビュ！　ドビュッ！

「も、もう、らめぇぇぇぇぇぇぇぇ！！！」

復讐に生きる無敵なお姉さまも、少年の短刀には負けてしまった。

ビクン！　ビクン！　ビクン！

カッコイイお姉さんは、背筋を反らせて痙攣していた。

「ふぅ～」

溜めに溜めた欲望を思う存分に発射させたキアロはおっぱいの谷間から顔を上げると、満足のため息とともにようやく腰を止める。

「はぁ……、はぁ……、はぁ……」

ジャシンダは無防備に両手を上げて、大きな乳房を上下させている。

その痴態は、まさにおちんちんに負けてしまった女と題した絵のようであった。

キアロは大いに満足する。

「ジャシンダさん、大丈夫ですか？　ごめんなさい。つい嬉しくてジャシンダさんのことを考えるのを忘れていました」

「な、なんのことだ」

「だって、ジャシンダさんって初めてですよね」

絶対に隠しておきたかった秘密をあっさりと指摘されて、ジャシンダは激しく動揺する。

「な、なななななななななんのことだ⁉」

その態度にキアロは、顎に人差し指をあてがって思い出す。

「ああ、そういえば、ジャシンダさんって処女なの隠してたんだっけ？」

「なななななぜ、そう思った」

「そんなの、見てればわかりますって」

年下の少年に処女であることがバレていたのが、それほどショックだったのか、ジャシンダは顔を真っ赤にして拗(す)ねる。

「わ、悪かったな。二十歳過ぎても処女で」

「そんなこと恥じることはないと思うんだけど、ジャシンダさんってばかわいい」

「か、かわいいって、年下の癖に……」

おそらく、復讐の妄執に捕らわれているジャシンダを称して、かわいいなどと感じられるのはキアロぐらいであろう。

あるいは処女膜を破られたことで、鉄壁に思えたジャシンダの心の壁も破れて、素の女が露呈したようだ。

「それで破瓜のときって、すっごく痛いっていうけど、ジャシンダさん大丈夫ですか？」

「ああ、問題ない」

ジャシンダは前髪をかき上げながら、やけっぱちのように応じた。

キアロの逸物が、小さかったからか。以前にキアロが指マンを施したとき、指を深くまで入れてかき混ぜたときに破れてしまったのか、もともと女騎士として、馬に乗ったり、激しく運動したりしていたから裂けてしまっていたのかはわからない。耐えられぬ痛みではなかった。

「よかった。それじゃもう一発やりますね」

「ああ……好きにしろ」

処女であったことがバレていたことが、それほどまでにショックだったのか、ジャシンダは手で顔を隠しながら投げやりに応じる。

「まったく、こんなに出して。妊娠したらどうするんだ」

「そのときは結婚してください」

「はぁ？」

あまりにも当たり前に言われて、ジャシンダは絶句する。しかし、キアロは真剣だった。

「ぼく、ジャシンダさんと結婚したい。だから、妊娠してください。ぼくの子供を孕んでください」

「子供が子供を産ませたいとか」

動揺するジャシンダに言い寄りつつ、キアロは腰を再び使い始めた。

「ぼく、もう大人です。ほら、おちんちんでジャシンダさんを楽しませることだってできる」

「ちょっと落ち着け。わたしとおまえの年齢差を考えろ」

暴走する少年を、ジャシンダはなんとかなだめようとするが、キアロは止まらなかった。

「年の差なんて関係ないよ。ぼくジャシンダさんのためならなんだってやる。復讐の手伝いだってするし、どこまでもついていく」

「いや、気持ちは嬉しいが。おまえにはいずれふさわしい相手が現れるから、そう思い詰めるな」

「やだ。ジャシンダさんがいい」

そう言ってキアロは、ジャシンダの右足を掲げながら腰を動かしだした。

「ジャシンダさんが、結婚を承知してくれるまで、何発だってする」

「え、ちょ、ちょっと」

慌てるジャシンダを押さえつけ、キアロは荒々しく腰を使った。

ズボッ、ズボッ、ズボッ
「あっ、あっ、あっ」

少年の本気で妊娠させようとしているとんでもない荒腰に、年上のお姉さんは正体を失ってのけぞってしまう。

(やった、ジャシンダさんが気持ちよさそうだ。ぼくのおちんちんで気持ちよくなっているんだ)

気をよくしたキアロは昨晩、ルーゼモニアから教えてもらったテクニックを駆使しだした。

ジャシンダの片足を掲げて、腰を前後させてみたり、四つん這いにして腰を動かしてみたり、立たせて後ろから逸物を叩き込んでみたり、背面の女性上位で突き上げながら、陰核をこね回してみたりと、とにかくありとあらゆる方法でジャシンダを感じさせ、絶頂させることを試みる。

「いぐぅぅぅ」

無限の性欲のある年頃の少年に、子宮口を突きまくられ大量の中出しを何度も連発されたジャシンダはもうすっかり骨抜きになってしまった。

強くてカッコイイお姉さんも、こうなってしまっては形無しである。

「はぁ、はぁ、はぁ……ちょっと、何発するつもりだ。いくらなんでもやりすぎだ。オ◯ンコが擦り切れそうだぞ」

「なら、結婚してくれる」

「それとこれとは別だ」

にべもない返答に頬を膨らませたキアロは、有無を言わせずにジャシンダを四つん這いにすると、その尻を左右から掴んで、力の限り腰を振るう。

「ひぃ、らめ、もうわたしのオ◯ンコの中、おまえの精液でいっぱいで溢れかえっているわよ。ああ、そこダメ、気持ちいいところに当たっちゃっている」

「なら、ぼくと結婚するって約束して」

「だから、それはらめ、おまえはこれからもっとふさわしい女といくらでも出会えるから、ひぃぃぃ、またぁぁぁ！！！」

ビクビクビク……

さらなる膣内射精をされたジャシンダは、男女の結合部から大量の液体を垂れ流しながら、背筋を反らして絶頂した。

「もう、頑固なんだから」

何度イカせてもジャシンダは結婚を承知しない。業を煮やしたキアロは、眼下でヒクヒクしていた肛門に指を添えると、そのまま強引に押し込んだ。

ズボン！

すっかり油断していたジャシンダの締まりは弱く、指は簡単に入ってしまった。

「ひ、おまえ、何を」

動揺するジャシンダの肛門をほじりながら、キアロは黒く笑う。

「気の強い女はアナルが弱い」

「なんだ、その標語は？」

戸惑うジャシンダに、キアロは説明する。

「今日、アッシュくんから聞きました。気の強い女の人は、アナルを掘られると素直になるって。だから、ジャシンダさんのアナルを責めたら素直になるかなって思って」

「あの悪ガキぃいいいぃ」

だれが見ても童貞臭い悪ガキの顔を思い出して、ジャシンダは叫ぶ。

しかし、アナルに指を入れられた状態では、いかに高潔な女性といえども力が入らないらしい。

「うほ」

膣穴に男根をぶち込まれたまま、アナルをほじられたジャシンダはなんとも締まりのない顔になってしまう。

(うわ、女の人ってここでも感じるんだ)

面白くなったキアロは、肛門に指を二本入れて、左右に広げる。

「それじゃ、次はここにおちんちん入れますね」

「待て、そこは汚い」

「ジャシンダさんの身体のすべてにぼくの精液を浴びせてあげますね」

大好きな女性のすべてを自分のものにしたいという欲求に捕らわれたキアロは、膣穴から抜いた逸物を、そのまま肛門へと移動させた。

ズブリ
「そこは汚いって言っているのに……」

膣穴に続いて、肛門までも、一夜にして処女を奪われてしまったジャシンダは、四つん這いのまま全身をこわばらせる。

「うわ、これがジャシンダさんのアナルの中なんだ。さすがジャシンダさん、アナルも気持ちいい」

あばたもえくぼとはよく言ったもので、いまのキアロはジャシンダのどの穴に入れても大喜びである。

嬉々として腰を使った。

「アガ、アガガガガ……」

ジャシンダは大きな枕に顔を埋めて、耐える。その身からは大量の汗が噴き出している。

そんな女性の体調になど気づかずに、大喜びで腰を振るったキアロは、そのまま思いっきり射精した。

ドビュッッッ……

「ひぃぃぃぃぃ」

直腸に精液を注ぎ込まれたジャシンダは、なんとも情けない悲鳴をあげてしまった。

ともかくも満足したキアロは、再び質問する。

「どうですか、ジャシンダさん。ぼくのお嫁さんになる気になりましたか?」

「……わかった。わかったわよ。わたしの目的が終わったら、あなたのお嫁さんになってあげる」

精根尽きたジャシンダがついに承諾した。

「やったー、やっぱり気の強い女性ってアナルが弱いんだね。あとでアッシュくんにお礼を言わないと」

「もう好きにして」

「は〜い、好きにします」

歓喜したキアロは、その後も口内射精をし、膣内射精を繰り返し、ぶっ掛け、アナルを掘り、とにかく、ありとあらゆる行為を行った。

それは犬のマーキングのようなものだ。この女は自分のものだ、と主張するために、ジャシンダの全身に精液を浴びせたかった。

しかし、無限の性欲があるかと思われた少年にも限界はある。陰嚢(いんのう)は空となり、精子の生産も打ち止めになった。

「復讐が終わっても、一緒にいてね」

「ああ……」

「約束だよ。ぼく、絶対にジャシンダさんをお嫁さんにするんだ……。絶対、幸せにするんだ」

すべてを出し切ったキアロは気絶するように眠りに落ちた。

それを左腕に抱きながら、ジャシンダは優しい表情で苦笑する。

「まったく、わたしみたいな女に本気になって、結婚したいだなんて……」

ドボッ
膣穴から精液が溢れ出したことを自覚したジャシンダはブルッと震えて、天井を見上げてため息をつく。

「こんなに濃い精液をガバガバと好き放題に注いでくれて。これじゃ本当に妊娠してしまいそうだな」

右手を股間に下ろし、避妊の魔法をかけようとしたところで思いとどまった。

「ま、いいか」

幸せそうに寝ているキアロの額にそっとキスをしてから、ジャシンダは寝台を抜け出す。

シャワーを浴び、身支度を終えてから、いまだに寝台の上で熟睡している少年にかかっているタオルケットを整えてやった。

「元気で暮らせよ。さらばだ」

※

翌日、キアロが目を覚ましたのは昼過ぎだった。

「あれ？　ジャシンダさんは……」

最愛の女性の姿は山犬傭兵団の事務所から忽然(こつぜん)と消えていた。

第六章　復讐の果て

「ジャシンダさんはどこ？　どこにいったの？　ジャシンダさんの居場所を知りませんか？」

昼過ぎになってようやく寝室から出てきたキアロは、ジャシンダの行方を捜していた。

山犬傭兵団の事務所にいた人々に聞いて回ったのだが、だれも知らない。あるいは知っていても教えてくれなかった。

「う～む、そういやあ見てないな。買い物にでも行ったんじゃねぇの？」

かつ丼をかき込んでいたアッシュも、首を傾げるのみである。

昨晩、ちょっと顔を見ただけの女性であり、思い入れが何もないのだろう。まるで危機感を持ってくれない。

しかし、キアロは嫌な予感がした。それもどうしようもないほどの嫌な予感だ。

絶望と焦燥感から街中を駆けずり回るキアロに、声をかけてきた女がいる。

「はぁ～い、坊や」

銀色の短髪に、褐色肌の大柄な体躯（たいく）。筋肉質でありながら、凹凸に恵まれすぎた卑猥な体型を誇示するように、紐ビキニのような戦闘服を着た三十路のセクシー美女である。

「忍びのオバサン⁉」

ジャシンダを狙った刺客である。

返り討ちにあって拘束されているところを、ジャシンダの指示でキアロが強姦した。恨まれている自覚は十分にある。

また、先日、町外でキアロを捕まえたのも彼女だった。

つまり、明確な敵だ。

（逃げ道は？）

戦闘のプロ相手にキアロが戦って勝てる道理がない。とっさにあたりを探るキアロの背後からサスキアの両腕が抱き着いてきた。

（っ⁉　いつの間に……）

硬直するキアロの背中に砲弾のような双乳を押し付けたサスキアは、人気のない路地裏に連れ込む。

「サスキア、お・ね・え・さ・ん」

「あ、はい……」

「坊やの初めての女はあたいよ。自分を大人にした女の名前ぐらい覚えておきなさい」

そう言って痴女的な笑みを浮かべたサスキアは、口唇（こうしん）を開いて、長い舌を伸ばすと、キアロの左頬をペロリと舐めた。

「そ、そうですね。失礼しました」

恐怖に震えるキアロの身体を弄りながら、怖い笑顔のお姉さんは狂気的な歓喜を感じさせる甘い声で語りかける。

「うふふ、素直なのはいいことよ。あたい、坊やの正体わかっちゃった」

「な、なんのことですか？　あ、何を!?」

狭い路地裏で、家の壁に両手を押し付けて立たされたキアロの股間に、サスキアは手を入れてきた。

そして、ふぐり全体を掌に包まれてクイクイと握られる。

「うふふ、緊張にこんなに縮こまらせちゃってかわいい〜」

「や、やめてください」

滅茶苦茶怖い、それも恨まれている自覚を十分に感じているお姉さんに、文字通り急所を掴まれたのだ。

逸物は竦みあがってしまっている。

「縮まったおちんちんもかわいいけど、楽しむにはやっぱり大きくなってもらわないとね。そのためにも憂いを払ってあげないとダメか」

いくら弄っても芯が入らないと諦めた痴女は、少年の逸物から手を離した。そして、背を向ける。

「ついていらっしゃい。あの死にたがり女が、どこにいるか知りたいんでしょ？」

「知っているんですか、ジャシンダさんの行方を⁉」

　血相を変えたキアロが詰め寄ると、ほとんどお尻丸出しのお姉さんは振り返り、口元に右手を一本立てて嗜虐的に笑う。

「ええ、教えてあげてもいいわよ。もちろん、ただではないけどね。お礼は坊やの新鮮な精液一年分、な～んてね♪」

　正直、胡散臭い。それにおっかなかった。しかし、ようやく手に入れた手がかりを、無視することはできない。キアロはついて行くことにした。

※

「アーダーン、やっと会えたな」

　夜だった。

　サラマンカの町にある政庁。

　オルシーニ・サブリナ二重王国から、メリシャント地方の総督に任じられた男の屋敷の屋根の上、皎々と輝く青白き月を背景にその女は立っていた。

　黒き頭髪を靡かせて、表情を消した白い顔を上げて傲然と見下ろす。内なる高ぶりを抑え切れぬかのように左目から青白い魔法炎を溢れさせている。

　破れた赤き外套を纏い、血染めのように赤黒いシャツ、臍は出している。黒い短パンから白い太腿を出し、代わりに膝までのブーツを履いている。

それは人の形をした殺意の塊であった。死神の化身であった。憎悪の権化であった。

彼女の蒼い瞳で射貫かれたら、どんなに感性の鈍い者であろうと皮膚が粟立つのを自覚したただろう。

「これはジャシンダさん、お久しぶりですね」

中庭に出て仰ぎ見たのは、三十代の壮年の男だった。見るからに使える男という雰囲気がある。

いまは亡きメリシャント王国の重鎮であり、ドモス派の王族重臣を皆殺しにしてオルシーニ・サブリナ王国に寝返った男。

ジャシンダにとって、恨んでも恨み切れぬ存在。この一年間、この男を殺すことのみを夢見て生きてきたのだ。

矜持も、希望も、欲望も、そして、己が命さえもどうでもよかった。すべてはこの男を殺すことができるのならば。

「どうやら、わたしの首を挙げるとそこかしこで吹聴しているようで。メリシャント王国きっての名門の姫君たるあなたが、ドモス王国の刺客にでもなり下がりましたか」

アーダーンの挑発を受けて、ジャシンダは腰剣を抜き放った。刀身が蒼く燃え上がる。

「ドモス王国のことなど知ったことか！　わたしはわたしの意志でここにいる！　おまえ

を殺すために」

右手に持った剣を払い、左手を眼前に掲げる。掌からは蒼い炎が噴き上がった。

その身に抑え切れぬ莫大な魔力が蓄えられていることは一目瞭然だ。しかし、アーダーンは悠然と応じる。

「まぁ、お待ちなさい。あなたがこの町に入ったことはわかっていました。ここまで来られたのは罠だとは思わなかったのですか？」

家主の合図とともに、周囲から完全武装の兵士が百人。いや、二百人あまりも出てきた。

それらを確認しても、ジャシンダの顔に動揺はなかった。

「たったこれだけか？　貴様の愚行によって死んだ人数に比べれば、道連れの人数が少なすぎるぞ」

狂気の上から目線で言い放つ女に、アーダーンは苦笑とともに肩を竦め、首を左右に振るう。

「ジャシンダさん、あなたがわたしを憎んでいることは承知している。それは正当なことだ。しかし、わたしはあなたに恨みはない。あなたの一族には本当に申し訳なかったと思っている。だから、殺さねばならない理由もない」

「……」

「ですから、少し話し合いませんか？　戦争とか殺し合いというものは、往々にして誤解から始まります。話し合いこそ平和への道でしょう」

仇の差し出した手を、屋根の上のジャシンダは白けた顔で見下ろしていた。

しかし、脈ありと感じたのか、アーダーンは構わず演説する。

「ドモス王国がいかに残虐で、非道な国家であるか、かの国にいたあなたならわかるでしょう。あの国は信が置けない。そう考えるのは当然でしょう。国体及び国民、さらには人類社会全体のためにやむを得ない、苦渋の選択だったのです。どうかわかってほしい。わたしはあなたを子供の頃から知っている。殺したくはない。なんなら、わたしの命をくれてやってもいいとさえ思っている。しかし、いまはダメだ。ここでわたしが亡くなったら、メリシャント王国はどうなるのです。あなたの父上や一族が命を賭してまで守ろうとした祖国はなくなってしまいますよ」

切々と訴えてくる男とは逆に、ジャシンダの全身から猛る魔力が豪炎となって噴き出す。

それは自らを焼く炎のようであった。

「いまさらおまえの言い訳も主張も聞くつもりはない。わたしの目的はただ一つ。貴様を殺すことだ」

宣言と同時にジャシンダは屋根の上から、標的に向かって真正面から瓦を駆けだした。

「やむなし、やれ」

説得の失敗を悟ったアーダーンはごく冷静に右手を振るった。

周囲の兵士たちが一斉に弓を放つ。

無数の矢の雨、いや、暴風雨だ。すべてを避けることは不可能だった。屋根から飛び降りたジャシンダは、空中で両手をクロスさせて、矢を弾く。

当然、身体の表面に魔法障壁を張っていたのだろう。しかし、中庭に降りたとき、外套の裾は無数の矢に貫かれていた。

「槍で叩き潰せ」

兵士たちの指揮官と思われる男の指示に従って、大地に降り立った無法者を円陣に囲んだ兵士たちが、数十本の長槍の穂先を夜空に翳し、そして一斉に叩き落とす。

「ディープブルーエクスプロージョン！」

ジャシンダは左手を大地に置いて、魔力を爆発させた。

黒い魔法が渦巻いて、周囲のものを吹き飛ばす。

おそらく、ジャシンダはこの瞬間のために、体内に大量の魔法を溜めていたのだ。

槍を叩きつけようとした兵士はもちろん、衛兵たちの布陣に乱れが生じた。その間隙を縫ってジャシンダは特攻する。

その動きは黒き稲妻のようであった。

立ちふさがる兵士の槍をかいくぐり、剣を弾き、盾を踏み台にして、標的に向かって突き進む。

「このアマ！」

兵士たちとて、素人ではない。この一年、メリシャント王国を巡る凄まじい戦乱を生き抜いた猛者たちだ。みなジャシンダに必死に刃を突き立てる。

衣服は裂けるが、肌を突破できない。ジャシンダの全身は強力な魔法障壁が巡らされているのだ。

表面積が少ないほど強い防御力を纏えるので、服までは纏っていないのだろう。

しかし、いかに強力な魔法障壁といえども、万全ではない。青黒き影から、赤い血飛沫が舞う。

しかし、女の執念は、岩をも穿つ。

幾重もの鉄の壁をぶち抜き、標的に迫る。

「アーダ――――ン！」

獣の唸りにも似た雄叫びとともに振り下ろされた必殺の一撃は、アーダーンの剣によって迎え撃たれた。

ヴァァァアンッ！

夜のしじまを切り裂く斬撃の音ともに、ジャシンダは大きく弾かれた。両足を広げて地面を擦りながら後退。

左手を地面につき、顔を上げたジャシンダは、再び標的との間に人と鉄の壁ができていることを知る。

「お忘れですか？　わたしはあなたの武術の師匠でもあるんですよ」

「くっ」

呻いたジャシンダの衣装は、裂けて白い乳房が丸出しになっている。

「修練しましたね。昔は負ける気はまったくしなかったのですが、いまのは正直、手がしびれましたよ」

自分の有利を信じて疑っていない怨敵を、双乳を丸出しにしていても、まったく恥じ入るところのないジャシンダは、血光、いや魔法炎を放つ目で見つめる。

鉄の盾が、まるで壁のように周囲を覆っていた。

「舐めるなぁぁぁぁ！」

雄叫びとともにジャシンダは鉄の壁に向かって斬り込んだ。

しかし、盾というのは切れないから盾だ。ジャシンダの魔法剣は弾かれた。ならばと必殺の魔法を放つも、微動だにしない。

「邪魔だ」

ジャシンダは狂気の形相で剣を振るい、何度も魔法を放つが、盾の壁を突破できない。

「閣下、あの女を生け捕りにすることは叶うと思いますが……」

完全に包囲下に置いたという確信を持った警備隊長が、上司に伺いを立てる。

部下の言わんとしていることを察したアーダーンは頷く。

「ああ、たまには兵士たちの士気高揚も必要か。よろしい。あの女を捕らえた暁にはおまえたちで好きにしろ」

わが意を得たりと、警備隊長は部下たちを鼓舞する。

「閣下の許しが出たぞ。かつてはメリシャント王国筆頭重臣のご令嬢だ。おまえらなんぞ、一生、触れることのできない女だぞ。励め！」

「おう」

士気の上がった兵士たちは、大盾を持ち上げた。そして、ドスンと落とす。

しかし、その一瞬の隙をジャシンダは、逃さなかった。

滑り込むようにして、盾の下を潜り抜けたのだ。

「なっ⁉」

ジャシンダは転がりながら剣を振るい、大盾を持った兵士たちの脛を斬る。

「逃がすな」

慌てた兵士たちは、逆手に持った槍を突き下ろす。

降り注ぐ槍先を躱しながら、大地を這うようにして女暗殺者は奮闘。大盾を持った兵士が三人ほど倒れる。

できた綻びを突破しようとジャシンダが顔を上げたとき、周囲には新たな大盾の壁ができていた。

「……」

強引な斬り込みの代償として、改めて立ち上がったジャシンダの顔の左側面は紅に染まり、右足は動かなくなっていた。しかも、手に持っていた剣は、半ばから折れている。

「剣が折れたからといって油断するな。その女は魔法剣を使うぞ。ゆっくりと慎重に盾で押し包め」

指揮官の声に従って、大盾を持った大男たちがジリジリとジャシンダに近づいてくる。

大盾に真正面から斬りかかっても、魔法をぶつけても崩すことはできない。無駄な体力を消耗するだけだ。打つ手のないジャシンダは右足を引きずりながら下がり、その分、盾の壁が前進する。

「いや〜、さすがメリシャント王国にその人ありと知られた姫騎士さまだよな。いまは薄汚れているが、いい女だよな」

「ああ、美人でスタイルのいい女はいくらでもいるが、あの気位の高さがたまんねぇ。それをポキッと折ってやりたくなるよな」

もはや捕り物も最終局面。あとは時間の問題だと考えたのだろう。

前線で大盾を持つ兵士たちとは違って、後方の兵士たちはもはや物見遊山になっていた。事が終わったあとに、ジャシンダをどう楽しむかと妄想をたくましくしている。

そんなときだった。

「ジャシンダさん！」

思いもかけない声を聞き、ジャシンダは顔を上げる。

「キアロだと⁉　どうしてここに……来るな、逃げろ」

ついでに大勢の武器を持った者たちが、屋敷に乱入してくる。

陣頭を切ったのは猿(ましら)のような少年であった。彼が剣を横に振るうと、外側で遊軍となっていた兵士の首が吹っ飛んだ。

「へへぇ～ん、一番槍！」

陽気に叫んだのは、山犬傭兵団の新人アッシュだった。

「なんだ、このガキ」

完全に気の抜けていた兵士たちは、慌てて武器を取り直そうとした。

そこに赤毛の女剣士が斬り込み、目にも留まらぬ速さで剣を振るう。

シャ――――ン！

涼やかとも取れる剣音とともに、人間が鎧ごと三枚に下ろされた。

「アッシュ、遊ぶな」

「はいはい、さておっちゃんたち、俺のデート代のために死んでもらうよ」

ダイアナの叱責(しっせき)を受けて、アッシュは再び敵の首をかき切る。

さらに完全武装の新手が次々と侵入してきて、屋敷の衛兵たちに刃を振り下ろす。

「なんだ、こいつら！」

「賊は単身ではなかったのか？」

予想外の敵の登場に、衛兵たちは右往左往している。

「敵の首一つに金貨二枚、大将首には金貨十枚が約束されています。またとない稼ぎ場ですよ。みな気張りなさい」

槍を翳しながら謎の賊を指揮していたのは、淡い金髪を結い上げ、緑の鎧を着た華やかな女騎士である。

その姿をアーダーンは見とがめた。

「ルーゼモニア……ということは、これは山犬傭兵団か。貴様らドモスに雇われたか」

美しき戦乙女は、即座に否定する。

「本日、ただいまを以って、サラマンカは商人や富豪たちの合議で運営される自治都市となりました。この町に、二重王国も、ドモス王国も不要。百姓の持ちたる国となります」

「バカな……。この情勢下で独立独歩など成り立つはずがない」

「もはや、わたしたちはお偉いさんに振り回されるのは沢山だということです」

まったく予想していなかった勢力の登場によって乱戦が始まったさまに、ジャシンダは呆然と立ち尽くしていた。

その傍らに空中から、痴女にしか見えない装いの黒い影が降り立つ。

「あら、生きていたんだ。死んでいたら、あの坊やは、あたいのものだったのに、残念」

それはかつてジャシンダの命を狙いにきた女忍者であった。

当然、自分の命を狙いにきたのだと思って身構えるも、サスキアは周りの騎士たちを鞭で弾き飛ばす。

その光景に、ジャシンダは疑義を問わずにはいられなかった。

「忍び。貴様、主人を裏切るのか？」

「あら、あたいって義理堅いのよ。正しい道に立ち返った・だ・け♪」

「どういうことだ？」

不審げな顔をするジャシンダに、サスキアは顎で指し示す。

「坊やのことよ。うふふ、説明してあげてもいいけど、そんなことしているとあの男、逃げちゃうわよ」

形勢不利を悟ったアーダーンが、身を翻していた。

「アーダーン、逃げるな！」

叫んだジャシンダは追おうとしたが、右足の負傷のため走ることが叶わない。

「あの男だけはあなたに首を討ってもらわないと、困るみたいよ」

そう言うと同時にサスキアは、左手でジャシンダの腰を抱き、右手の鞭を天空に振るう。

パシッと庭木の枝に鞭は絡まり、そのまま二人は空中に浮く。

「チャンスは一度だけよ。頑張りな」

ウインクを一つしたサスキアは、ジャシンダの身体を勢いよく放り投げた。

怪鳥と呼ばれた女は、その異名にふさわしく、乱戦を一気に飛び越えて、獲物の背中に体当たりをする。

「ぐあ」

突然のことに驚きの声をあげたアーダーンと、手負いのジャシンダは縺れるように転がった。

格闘の末、アーダーンの上に馬乗りとなったジャシンダは、折れた剣の柄を両手に持って振りかぶる。

「ジャシンダ、待て！　わたしが死んだら、メリシャント王国はどうなる！　この土地はどうなる！　考え直せ！」

「知るか！　貴様は死んで佞臣の名を残せ！」

叫ぶと同時にジャシンダは折れた刃を振り下ろす。

刃がない剣はただの鈍器だ。鈍器といっても、ハンマーなどに比べると重さが足りない。

一撃必殺にはならなかった。

「うおおお」

折れた剣で人を殺すのは大変だ。両目から蒼い魔法炎を溢れさせながら、ジャシンダは何度も何度も折れた剣を、振り下ろした。

あたりに血や肉や歯や骨の欠片が四散される。

鼻が折れ、前歯が折れ、頬骨が折れ、顔面が陥没するまで繰り返された。

「そろそろいいでしょ。死んでいるわ」

静かに歩み寄ったルーゼモニアが、荒ぶる狂女の肩に手を置く。

「はぁ、はぁ、はぁ……死んだ？」

「そう、あなたの仇は死んだわ」

そこでようやくジャシンダは手を止めた。折れた剣を持つ手を上げて、もとは人間の顔であった肉塊の穴を見る。

「……そうか、死んだか。……終わったな」

納得したジャシンダは、そのまま仰向けに倒れ、ルーゼモニアが抱きとめる。

「ジャシンダさん」

駆け寄ろうとするキアロを、サスキアが止める。

「子供の教育上、見ないほうがいいわ」

「でも、ジャシンダさんがっ⁉」

「ただの貧血でしょ。魔法治療をして三日も寝ていれば治るわ」

こうして、サラマンカの町の支配者は代わった。

※

「……」

ジャシンダが目を覚ますと、見知らぬ天井があった。

右側に視線を動かすと、椅子に座ったキアロが寝台に上半身を預けて寝ている。その手がジャシンダの右手をしっかりと握っていた。

微笑したジャシンダは、繋いだ手はそのままに、もう一方の手を伸ばして、黄金の頭髪を撫でる。

傷の手当はされたようで、痛みはなかった。

見渡すと室内の調度は悪くない。サラマンカの富豪の屋敷の客室といったところだろうか。

そこに水差しを持ったルーゼモニアが現れた。

「あら、起きたみたいね。その子、さっきまでジャシンダさんが目を覚ますまで起きていると言ってたんだけど、寝てしまったわね。間が悪い」

上体を起こしたジャシンダは、多くの男が理想にするだろう優しいお姉さん然とした、かつての友人にして副官を見る。

「ルーゼモニアか、ということは……。ここは天国ではないな」

「もう、それ、どういう意味よ」

頬を膨らませたルーゼモニアであったが、持参していた水差しをジャシンダに差し出す。

寝起きで喉の渇いていたジャシンダは、素直に受け取り口をつけた。

「おまえ、自分で天国に行けるなどと思っているのか？」

「それはお互いさまでしょ。まったく起きて早々、憎まれ口とか、なんでこんなガラの悪い女を女神さまみたいに慕うのかしら？　この子、女を見る目がないわ」

「その意見にはあたいもまったく同感だね」

紐水着のような戦装束の大柄な女が、どこからともなくすっと降り立った。

ルーゼモニアを前にしたときよりも、ジャシンダの顔は険しくなる。

「サスキアと言ったな。主を裏切った忍びがここで何をしている」

「正当な主君の護衛よ」

慇懃に頭を下げる女忍びを、ジャシンダは棘のある目で見つめる。

「そういえばおまえ、この子の出自について意味深なことを言っていたな。キアロに何かあるのか？」

「……」

サスキアとルーゼモニアが目線を交わす。それからサスキアが恭しくキアロを指し示した。

「そのお方は、いまやメリシャント王国唯一の正当なる王位継承者でございます」

「はぁ？」

ジャシンダは眉間に皺を寄せる。ついで笑い飛ばした。

「与太を吹くならもう少し気の利いたものにするんだな。わたしはメリシャント王国の筆頭重臣の娘だぞ。王家の方々の家族関係のことは存じ上げている。いま残っているのはカーリングにて、妓女をしておられるシルヴィアさまだけだ」

そこにルーゼモニアが口を挟んだ。

「表に出せない子もいるでしょ」

「おまえまで何を」

不審がるジャシンダに、ルーゼモニアは神妙な顔で続けた。

「この子のお母さんはね。先王の離宮で働いていたメイドだった。そう言えばわかるかしら？」

ジャシンダは目を剥いた。そして、ややあって震える声を絞り出す。

「先王陛下が、メイドに手を出して儲けた子供。つまり、キアロは先王陛下の隠し子だと言いたいのか」

「そういうこと。この子の母親はバリバリの庶民だから、なんの後ろ盾も得られない。そんな子供が誕生しても、お家争いのもとにしかならないから、闇に葬られかねなかった。

そこで猟師をしていた祖父のもとに預けられていたのよ。そのおかげで王宮の大虐殺をまぬがれることができた。禍福は糾える縄の如しとはよく言ったものね」

「そ、そうか……。そのようなことが」

成り行きで保護した子供の、思いもかけなかった素性に、ジャシンダは絶句してしまう。

「つまり、この子は、メリシャント王国の唯一の正当な後継者になりうる男子だね」

サスキアの言葉に、ジャシンダは我に返る。

「ちょっとまて。おまえ、まさか、この子を旗頭に王家再興を考えているのか？」

「……」

サスキアの意味ありげな表情に、ジャシンダは声を荒らげる。

「とてもではないが、そんな芽はないぞ。ドモス王国や二重王国に利用されるだけ利用されて使い潰される。そんなこともわからないのか！」

ジャシンダの必死の主張に、サスキアは肩を竦めて掌を上に向ける。

「まぁ、あたいも王家復活は無理だと思うわ。でも、お家再興ならなんとかなるんじゃないかしら」

「同じことだ。もはやこの子は、メリシャント王家の血筋とか、そういうものは忘れて、一市井の者として生きるのが幸せだ」

ジャシンダの見識を、サスキアは笑う。

「世界はドモス王国と二重王国しかないわけではないわ」

「それはそうだが……」

　そこにルーゼモニアが口を挟む。

「これはマスターの言葉なんだけど、西国同盟を頼るのはどうかしら？」

「和議の斡旋をしたイシュタール王国か？」

「ええ、あの国には領土を広げる野心はないだろうけど、いざというときの切り札は欲しいはずよ。きっと亡命者として受け入れてくれるわよ。または、もうこの地域には見切りをつけて、はるか遠いラルフィント王国に逃げるという手もあるわね」

「なるほど」

　ジャシンダは考え込んでしまった。

　ルーゼモニアは優しい笑顔で続ける。

「どの道を選んでもいいけど、ただ一つ、この町に留まるというのはナシよ」

「……」

「あなたにこの町にいてもらっては困る。これはこの町の総意よ」

　ルーゼモニアが言わんとしていることを理解して、ジャシンダは頷く。

「なるほど、アーダーン殺害の容疑をわたし一人に押し付けようというのか」

「そういうこと。不服はないでしょ」

ルーゼモニアは笑顔を絶やさない。ジャシンダは頷いた。

「ああ、本懐だ。すぐにでも発つことにしよう」

「その前に、身体ぐらいしっかり治していきなさい。わたしたちもそこまで鬼ではないわよ」

ルーゼモニアの言葉に、ジャシンダは目を閉じてため息をつく。

「その優しさを、スクーロにも示してもらいたかったな……」

「あれは本当に突然で、わたしも手の施しようがなかったのよ」

ここまで笑顔を絶やさなかったルーゼモニアが、本当に申し訳なさそうな顔をした。

「……済んだことだな」

ジャシンダはチラリと、サスキアの顔を見る。

この女が、ジャシンダの家族の虐殺にかかわっていないはずがない。しかし、いまさらそれを言っても仕方がないだろう。

所詮は忍びだ。剣と同じく、持ち主の意思のままに動くものだ。

「う～～ん」

騒がしくしたからだろうか。微妙な空気の中で、キアロが目を覚ました。そして、ジャシンダが上体を起こしていることに気づいて歓喜する。

「あ、ジャシンダさん、起きたんですね。よかった」

「ああ、おまえのおかげだ」

頷いたジャシンダは、渦中の少年に質問した。

「キアロ、おまえはメリシャント王家の者だったのか？」

「う～む、その話、ぼくもさっき聞かされたけど、よくわからないんだよね。子供の頃、ちょっと豪華な屋敷にいたな、という記憶はあるんだけど……」

「たしかよ。ちゃんと裏は取ったわ」

ルーゼモニアの言葉に、ジャシンダはため息をつく。

「おまえがそう言うのならそうなのだろうな」

彼女の有能さを認めるジャシンダとしては、受け入れざるを得なかった。

改めて当事者を見る。

「キアロ、おまえはこれからどうしたい？」

「ジャシンダさんについていく」

間髪を容れない答えに、ジャシンダは頭を抱える。

「……。まったく主体性がないな」

それをルーゼモニアがたしなめた。

「さすがにこの年で世界情勢なんてわかるはずがないわ。ここは保護者が決めてあげるしかないわよ」

「そう言われてもな」

困惑するジャシンダを横目に、サスキアはキアロに抱き着く。

「別におまえはついてこなくていいんだぞ。この子は、あたいが守るから」

「はぁ⁉　そうはいくか。わたしの目的は、こいつのおかげで達せられた。今後は恩を返させてもらう」

その言葉に、キアロが歓喜する。

「ジャシンダさん。それじゃ、これからも一緒にいてくれるの」

「ああ」

ジャシンダとキアロが感動して見つめあっている狭間に、サスキアが冷めた顔で割って入る。

「でも、残念でした。この子の精液一年分はあたいのものだから」

「なんの話だ」

唐突な主張に目をしばたたかせるジャシンダを横目に、キアロを抱きしめたサスキアは嘲（あざけ）る。

「この子があなたを助けるために、なんでもするって言うから、精液一年分で手を打ったのよ、ねぇ～♪」

「え、いや、そこまでは言っていないというか……」

なんでもするとまでは明言していなかったと思うが、キアロの気分としてはまさにそれだったわけで、サスキアの誇大な言い分に抗議することができず、ジャシンダの目を気にしながらも、モジモジと頷く。

「それじゃ、その死にたがり女の無事も確認できたし、約束を果たしてもらおうかしら？」

「わ、わかりました。ぼく、頑張ります」

ジャシンダが大好きなキアロであったが、彼女のせいで貞操観念というものがなくなってしまっている。

そのことを察したジャシンダは、自業自得と自らの顔を覆った。

「よしよし、いい子、いい子」

サスキアはデレデレの表情で、キアロの頭を撫でる。

「あたいの房中術は、すごいのよ。あんな粗野な女相手じゃ、満足な楽しみを得られなかったでしょ。本当のセックスの楽しみってやつを教えてあげるわ。こちらにいらっしゃい」

卑猥な舌なめずりをしながらサスキアは、キアロを部屋にあった大きなソファーに誘う。

キアロの左側面にぴったりと密着して座ったサスキアは、自らの胸の谷間にキアロの顔を抱きながら、上着を脱がし、乳首を摘まむ。

「あ……」

男なのに、乳首を弄られて感じるのは恥ずかしい。身を硬くするキアロに、サスキアは囁く。

「どうだ？　男でも乳首を弄られると気持ちいいだろ」

「あ、はい……」

「うふふ」

サスキアが、ジャシンダの前でキアロと楽しむのは、明らかに意趣返しである。

怒りに震えているジャシンダを横目に、ルーゼモニアも悪戯っぽく舌なめずりをする。

「うふふ、そういうことなら、わたしもキアロくんに酷いことされちゃったわよね。あのあと大変だったんだから」

両腕を拘束したルーゼモニアに、極太バイブをぶち込んで逃げてきたことをいまさらながらキアロは思い出した。

「ご、ごめんなさい」

「ごめんで済んだら、騎士はいらないわ。きっちり身体で償ってもらいましょう」

ルーゼモニアもまた、キアロの右側面にぴっちりと密着して抱き着いてきた。

キアロの顔が、サスキアの爆乳とルーゼモニアのエロ乳に挟まれる。

（こ、これは……）

サスキアは、見たまんまどエロお姉さんであり、それに対してルーゼモニアは一見、清楚なのに実はエロいお姉さんである。

ルーゼモニアもまた、キアロの右の乳首を摘まんでこねだした。

そんなエロいお姉さんたちに、両の乳首を悪戯されたキアロは陶然となってしまう。

「ああ……」

左右の太腿をお姉さんたちの肉感的な太腿で挟まれ、その中央ではズボンを突き破りそうな勢いで、テントを張ってしまう。

(アッシュくん、ルーゼモニアさん、めっちゃエロいです)

ルーゼモニアを理想の女性として語る友人にアドバイスしたくなったが、同時に秘密にしておきたいような複雑な気分になる。

ともかくも、エッチなことをしてくれるお姉さんには、ご奉仕しなくてはならないだろう。キアロは右手をルーゼモニアの股間に、左手をサスキアの股間に伸ばした。

そして、パンツの上から指マンを施そうとしたら、ルーゼモニアにそっとたしなめられた。

「キアロくんは何もしなくていいわ。わたしたちに任せておきなさい」

「そうそう、王族の男子たるもの女のご奉仕をゆっくりとお楽しみください」

耳元を舐められながら、サスキアにもたしなめられた。

「は、はい……」

女性に一方的に奉仕されるというのは、なんとなく落ち着かないキアロであったが、や

むなく手をひっこめた。

「そうそう、世界にはああいう狂暴な女だけではなくて、もっといい女がいっぱいいることを知らないとな」

寝台の上にどや顔を向けたサスキアは、キアロの唇を奪った。

「あら、ずるい。わたしも」

ルーゼモニアもまた、寝台の上の女の視線を意識しながら、サスキアを押し退けて唇を重ねてくる。

「うん、うんん、うむむ」

「うぐ、ふむ、はむ……」

ルーゼモニアとサスキアは交互に接吻してきた。

唇を重ねただけでなく、二人ともキアロの舌を吸引してくる。少年の舌は、二人のお姉さんに陵辱されて、口唇からは大量の涎が溢れた。

エッチなお姉さんたちの二重責めにエッチ大好き少年がなすすべもなく喘いでいると、見かねたジャシンダが寝台の上から叫ぶ。

「おまえら、そんな子供に何をやっているんだ！」

キアロを弄びながらルーゼモニアが楽しげに応じる。

「あら、そんな子供を舐め犬としてしっかり教育したのはだれかしら？」

「ぐっ」

ジャシンダは言葉に詰まってしまった。さらにサスキアもダメ出しする。

「そのうえ自分を慕っている男の子に、捕らえた女を犯させて拷問の道具にするとか、最低の行いだよな。この子の性的嗜好が歪んだら、どう責任を取るつもりだったんだ」

「そ、それは……」

自分でも十分に罪悪感を覚えていたジャシンダは、反論の言葉もなく顔を背けた。

さらにルーゼモニアが追い打ちする。

「しかも、ショタっ子の気を引くために剃毛するとか、変態すぎてヒクわ～」

「なっ⁉　なぜそれを！」

目を剥き両手で股間を押さえるジャシンダに、ルーゼモニアは右手の指を一本立てて澄ました顔で応じる。

「そりゃ、傷の手当をするとき、全身を確認するわよ」

「そ、そうか……」

怒るに怒れない理由だけに、ジャシンダは真っ赤にした頬をピクピクと痙攣させている。

なんとも複雑な顔をしている友人を、ルーゼモニアはさらにからかう。

「処女、卒業おめでとう」

「おまえ、そんなところまで……」

ワナワナと震えて動揺するジャシンダを見て、してやったり顔のルーゼモニアは口元に指を一本立てる。

「あはは、戦う女って、処女膜が破れている場合が多いから、外から見ただけじゃわからないけどね。そっか、あのメリシャントの怪鳥もついに開通したのね。うふふ、めでたいわ。今夜はお赤飯の用意をしましょうか」

「殺す！」

ブチン！

何かが切れた音がして、ジャシンダの左目から蒼い炎が噴き出す。

「きゃ、キアロくん助けて〜〜〜」

わざとらしい嬌声をあげたルーゼモニアは、キアロの背後に回って盾にする。やり取りを見ていたサスキアがしみじみした顔で口を開く。

「真面目な騎士隊長さまだと思っていたんだが、あんたもなかなかの玉だな」

「あら、あなたも？　なぜかみんな、わたしのことお上品キャラだと思ってくれるんだけど、傭兵団で生まれ育ったんだし、根はこんなものよ」

「とんだ狸女だ。女は見かけに寄らないとはよく言ったものだな」

あきれるサスキアに、ルーゼモニアは右手の人差し指を顎にあてがい小首を傾げてみせる。

「でも、みんな誤解するってことは、わたしににじみ出る品性があるってことよ。実はわたしもどこかの王侯貴族のご落胤なのかしら？」

「言っていろ」

そう言ってサスキアは、キアロの下半身に降りていった。

キアロは、ルーゼモニアを背もたれにした形だ。一見、清楚なお姉さんの大きな乳房が頭に乗り、両手で乳首を扱かれているうちに、ズボンと下着をどエロいお姉さんに脱がされる。

開脚させられた少年の股の間に入ったサスキアは、いきり立つ逸物をしげしげと観察してため息をつく。

「可哀そうに。この年でずる剥けにされているだなんて、悪い女とセックスしたせいだな」

「……」

キアロがどう返答していいかわからずに困っていると、サスキアはチラリと寝台の上にいる女を見る。

「あの女、おまえの包茎ちんちんを見て、嬉しそうに剥いていたんだろ」

「それは……はい」

たしかにジャシンダは、キアロの包茎を剥くとき妙に嬉しそうだったことを思い出す。

「まったくモテない女にありがちな悪行だな。痛かっただろう。可哀そうに」

そう言ってサスキアは、逸物を咥えてきた。

「チュパ、チュパ、チュパ……」

少年のまだ成長途中の逸物は、決して大きいとはいえない。それが見るからに性に慣れた感じのお姉さんにしゃぶられる。

(な、何これ？　ただのフェラチオなのに、すっごい気持ちいい)

ジャシンダもフェラチオは好きな女だった。旅の間、本番はさせてくれない代わりに、よくしゃぶってくれた。

それはすごく嬉しい体験であったのだが、それよりも明らかに上手い。

(濡れた舌が絡みついてくる。お口なのに、まるでオ○ンコに入れたみたいに気持ちいいというか……。じょ、上手なんだ。このお姉さん、プロだ)

サスキアが男を楽しませるためのテクニックに長けているのだ、ということが身を以って実感できた。

(サスキアさんの口オ○ンコ、最高♪)

身も心も蕩けるような快感に、キアロが浸ろうとしたとき、突如、寒気を感じた。

「っ⁉」

驚いて寝台に目を向けると、左目から蒼い炎を噴き出させたジャシンダが、こちらを直視している。

（うっ、ジャシンダさんがめっちゃ怒っている）

キアロとしては気持ちよく射精したかったのだが、ジャシンダの目が射精するな、と命じているように感じて、我慢した。

「ほぅ」

キアロが射精を我慢しようとしていることを察したのだろう。ニヤリと頬を歪ませたサスキアは、改めて肉棒に吸い付いてきた。

「チューーッ」

サスキアの頬が凹み、いわゆるひょっとこ顔になった。

（つ、強い……）

尿道口を吸引されて、尿道をストローにして陰嚢から吸い出されるような恐怖がある。

しかし、それだけではなかった。

サスキアは逸物を頬張ったまま捻り上げてきたのだ。

（ひぃ、何これ⁉）

バキュームフェラは、吸引力の強弱こそあれ、ジャシンダもよくやっていた。

しかし、その上に捻りまで加えられたのは初めてだ。

これはコークスクリューフェラと呼ばれる性戯なのだが、そんな名称をキアロが知るはずもない。

見るからに凄いセックスをしそうなお姉さんは、本当にセックス強者だったのだ。女を知ったばかりの少年が太刀打ちできる相手ではなかった。

「ひぃぃぃぃぃ」

歓喜の悲鳴をあげてのけぞったキアロは、ルーゼモニアの乳房に後頭部を預けながら腰を持ち上げて射精してしまった。

いや、搾り取られたのだ。

ドクン！　ドクン！　ドクン！

大好きなお姉さんの見ている前で、他のお姉さんたちに悪戯されて射精する背徳感にキアロは震えた。

逸物を口から離したサスキアは、キアロの顔を見ながら口を開いてみせた。口内は真っ白だった。

(うわ、ぼく、ジャシンダさんが好きなのに、ジャシンダさん以外の女性の口にあんなに出しちゃった)

複雑な気分になっているキアロを他所に、改めて口を閉じたサスキアは、頬に手を当てて味わうように嚥下（えんげ）する。

「ん～、おいちい。やっぱり美少年の精液って格別だわ」

「美味しいところをずるいわぁ～」

射精の衝撃に惚けているキアロをぬいぐるみのように抱きかかえたままルーゼモニアは不満を言う。

「ごめんごめん、我慢できなくて。でも、若さって素敵よ。一度出したくらいではこゆるぎもしてないわ」

サスキアは右手の人差し指で、射精してなお元気な逸物の先端を押さえてクルクルと回す。

「先を譲ってあげるわよ」

ルーゼモニアは人差し指で顎を押さえながら応じる。

「ありがたい申し出だけど、どうせだから、同時というのはどうかしら？」

「同時？」

怪訝な顔をするサスキアに、ルーゼモニアは肩を竦める。

「ええ、わたしたちの愛じゃジャシンダに勝てないでしょ？　だったら、純粋に肉体的な快楽で勝っちゃいましょ」

「なるほど、面白い」

ルーゼモニアとサスキアは互いの顔を見て意味ありげに笑った。

訳もわからぬままにキアロは、ソファーに仰向けに寝かされる。

その腰の上に跨がったサスキアとルーゼモニアは、自らのショーツを脱ぎ捨てて、銀糸の陰毛と淡い金糸の陰毛を擦り合わせるようにして抱き合った。

「あ、あの……何を?」

何かとんでもないことが始まるという予感はあって、キアロは頬を引きつらせる。しかし、逸物のほうは期待に膨らんでしまっていた。

「うふふ、ジャシンダよりも絶対に気持ちよくしてあげるわよ」

「ああ、あの女のオ○ンコでは満足できない身体にしてやるよ」

「それじゃ、行くわよ」

ズボリ!

まずはサスキアの膣内に、キアロの逸物は呑み込まれた。

「はぅ」

キアロはビクンと震える。

以前、サスキアとやったときは強引だったから、あまり濡れていなかったように思う。それに比べていまは、中までしっとりと濡れていて、肉棒に絡みついてくる。

(き、気持ちいい。前よりも、いまのほうが断然気持ちいい)

キアロは歓喜したが、即座に抜かれた。そして、ズボリと今度はルーゼモニアの膣内に呑み込まれる。

(え、何これ、全然違う。サスキアさんと、ルーゼモニアさんのオ○ンコってどっちも気

持ちいいのに、全然違う)

バラバラにやったら、気づかなかったと思う。しかし、続けざまに呑み込まれるとわずかな差が気になって、気持ちよさが倍増されるようだ。

「それ、それ、それ」

二人とも抜群の身体能力を誇る女性たちだ。互いの乳房を押し付け、抱き合って踊るように腰を上下させ、そのたびに逸物は違う肉穴に呑み込まれる。

(サスキアさんと、ルーゼモニアさんのオ○ンコが交互にだなんて、こんなの反則だよ。ちゅ、ちゅごい、おちんちんがおかしくなる。おかしくなっちゃうよ)

一人の女性と楽しむときには決して味わえない。常軌を逸した快感に翻弄されてキアロは惚けてしまった。

そんなすっかり大人しくなってしまった少年を見下ろしながら、ルーゼモニアが質問してきた。

「どお、どっちのオ○ンコが気持ちいい?」

「そ、それはどっちも気持ちよくて……」

全体に脂の乗り切った感のあるサスキアであったが、膣洞はコリコリとした軟骨のようなハードな締め付け。ルーゼモニアの膣洞は外見同様に、ふわふわの甘いケーキのような蕩ける感触だ。

いずれにせよ、甲乙をつけられるようなものではないだろう。

交互に来る二種類の刺激に、キアロの逸物の感覚は完全にバカになってしまっている。

「ふ〜、答えられないか？　それじゃ、わたしたちのオ○ンコ二つをこうやって交互に味わうのと、あの狂暴女のオ○ンコとどっちが気持ちいいかしら？」

「えっ⁉」

逸物に襲い来るあまりにも凶悪な快感に、ジャシンダのことをすっかり失念していたキアロは、恐る恐る寝台に視線を向ける。

（うわ、めっちゃ怒っている）

恐怖に震えるキアロを他所に、サスキアとルーゼモニアは面白がって、腰使いをさらに進化させた。すなわち、逸物を呑み込むたびに、腰を捻る運動を加えてきたのだ。

（こんなすごいことされたらおちんちん壊れちゃうよ）

痴女たちに翻弄された少年が、すっかりアヘ顔を晒しているさまに、サスキアが笑う。

「さぁ、素直に認めてしまえ。あの狂暴女のオ○ンコに入れているときよりも、いまのほうが気持ちいいって」

「そ、そ、そんなことは……ひぃぃぃぃぃ」

否定の言葉を吐こうと思ったのだが、ムチムチ肉洞とアマアマ肉洞によって責め立てられた逸物は敗北していた。

熱い血潮が肉棒の中を駆け上がる。

ドクン！　ドクン！　ドクン！

「うふふ、わたしの中に出したわね。わたしのほうが気持ちよかったってことかしら？」

腰を上げたルーゼモニアが自らの股間を右手の指で掬って、ペロリと舐める。

「そ、そういうわけでは……」

正直なところ、どちらの膣内で射精したか自覚していなかったキアロは慌てる。

そんなことは百も承知しているとばかりに、サスキアはソファーに腰を下ろすと股を開いた。

「なら、今度はあたいの中で、ガンガン頼むわよ」

「は、はい。頑張ります」

ルーゼモニアの中で射精してしまって、サスキアに失礼なことをしたと感じたキアロは、褐色の大きな乳房を手に取って、覆いかぶさろうとした。

その背後から、ドスの利いた一喝が浴びせられる。

「キアロ！」

ビクッと震えたキアロが振り返ると、寝台の上に乗ったジャシンダが股を開いて、自らパイパンの陰唇をくぱぁと広げていた。

「こっちにこい」

「はい」

それはさながら大好物を前にした犬のようであった。

キアロは即座に、サスキアとルーゼモニアの裸体を振り切って寝台に飛び乗ったのだ。

そして、嬉々として他の女の愛液で濡れた逸物をぶち込む。

「はぁん……どうだ。どのオ○ンコが一番気持ちいい」

「ジャシンダさんのオ○ンコが一番気持ちいいです」

ためらいなく応じたキアロは、ジャシンダの大きな乳房を揉みしだきながら、その乳首を夢中になって吸い、腰を無我夢中で上下させた。

パン！　パン！　パン！　パン！

「あん、あん、あん、まったく、あんな淫乱女どもに誑かされて……」

キアロの頭を抱いたジャシンダは、鼻の孔を大きくしてソファーの女たちを見る。

当然ながら、格下扱いされた女たちは面白くない。

「何勝ち誇っているのかしら、この女は」

衣装を脱ぎ捨てたルーゼモニアが寝台に乗ってきた。そして、キアロの背後から抱き着いてくる。

「うふふ、おさるさんみたいに腰を振るっちゃって。かわいい顔していても、男の子なのよね」

（え、こ、これは……ルーゼモニアさんのおっぱいが背中に……）

乳房に押されたキアロは前かがみとなり、ジャシンダの胸の谷間に顔を埋めた。

例えていえば女肉のサンドイッチにされたような気分だ。ジャシンダとルーゼモニアがパンであり、キアロは具であった。

逸物が女体に包まれているだけではなく、全身を包まれたのだ。

「どお、キアロくん、ジャシンダとだけエッチしているのと、いまの状態、どっちが気持ちいい」

「そ、それは……」

もちろん、キアロはジャシンダが大好きであった。しかし、愛情と肉体的な快楽は必ずしも、同等ではないらしい。

ジャシンダとだけセックスしているときよりも、いまの状態のほうが明らかに気持ちよく多幸感があった。

答えられずに苦悶するキアロを見かねたジャシンダが叫ぶ。

「ルーゼモニア、おまえにはあのアッシュとかいう悪ガキがいるだろ。あれで我慢しろ」

「え～、アッシュくんはダイアナのものよ。それを寝取れって言うの。酷いこと言うのね」

「どの口が言うんだ！」

そこに素っ裸になって寝台に乗ってきたサスキアが口を挟む。

「そうそう、好きな男は寝取らないとね。若様には、これからあたいがたっぷりと本当の女の楽しみ方を教えてあげるわ」

「ひぃいいぃ」

サスキアは、女体サンドイッチの狭間からはみ出している具。すなわち、陰嚢を咥えてきた。

大好きな女性と結合しているだけで、男は大満足だ。それなのに、背中から絶世の美女に覆いかぶさられ、さらに性戯に長けた女に二つの睾丸を吸引されたのだ。

（き、ぎもちいい……）

頭が、全身が、逸物が、真っ白に焼けたキアロは射精してしまった。

ドビュ！　ドビュッ！　ドビュッ！

「ああん、またいっぱい出して」

ジャシンダは射精するキアロをギュッと抱きしめてくれた。

射精の余韻に浸るキアロに、ルーゼモニアが質問する。

「どお、わたしたちとエッチしたほうが、単にジャシンダとエッチしていたときより気持ちいいでしょ？」

「そ、それは……でも、ぼく、ジャシンダさんのオ○ンコが一番好き！」

「あらあら、ここまでしてあげたのに。悔しいぃ♪　これはもっともっと気持ちよくしてあげないと、わたしの女としての沽券にかかわるわね」

茶目っ気たっぷりに宣言したルーゼモニアは、両手を腋の下から入れて、キアロの乳首を摘まみあげた。

「いまはまだ、悪い女に騙されているだけよ。ここからが本番なんだから。ほらほら、まだおちんちんは満足していないでしょ」

愛液と精液でドロドロになってジャシンダの体内から抜けた逸物を、サスキアは口に含む。

「あわわわわ」

女体の海に溺れて悶絶しているキアロの顔を見て苦笑したジャシンダは、その顔を抱き寄せると自らの唇を重ねた。

(スクーロ。どうやら、わたしにはまだ生きてやるべきことがあるようだ。すまんな。とうぶん、そちらには行ってやれそうにない)

子限定
戦国時代を華々しく駆け抜けた武将、水野勝成の
波乱万丈な生涯を描いたエッチな本格大河小説が
全4巻完結!! 装い新たに好評配信中!!
戦国艶武伝
第4巻
～奔流の抄～
竹内けん 挿絵:金目鯛ぴんく

二次元ドリーム文庫 第424弾

異世界ハーレム物語3 ～淫魔と隷属契約、女海賊と愛人契約～

レスデア王国を脱出した直樹たち一行は、ナタリヤのいるフスの村に身を潜める。女将エルフとのハーレムプレイも楽しんだのち、商人の町リハネラを目指す五人。姉妹淫魔によるエッチな妨害や女海賊とその奴隷をめぐるいざこざに巻き込まれる直樹たちだが、その全てがハーレムＨへと繋がってゆく！

小説●黒名ユウ　原作・挿絵●立花オミナ（サークル　しまぱん）

二次元ドリーム文庫 第425弾

百合サキュバスとぼっち女子
〜淫魔喫茶の秘密部屋〜

女の子だけを好むサキュバスのアリアは、人間の娘を攫うべく人間界へ降り立つ。そこで淫気を人一倍放ちながらも孤独を抱える少女・亜輝と出会う。喫茶店で働きながら手練手管の百合エッチで亜輝との関係を深めていくのだが、とある問題に直面することになる。

小説●あらおし悠　挿絵●ぶっしー

本作品のご意見、ご感想をお待ちしております

本作品のご意見、ご感想、読んでみたいお話、シチュエーションなど
どしどしお書きください！　読者の皆様の声を参考にさせていただきたいと思います。
手紙・ハガキの場合は裏面に作品タイトルを明記の上、お寄せください。

◎アンケートフォーム◎ **https://ktcom.jp/goiken/**

◎手紙・ハガキの宛先◎
〒104-0041 東京都中央区新富 1-3-7 ヨドコウビル
(株)キルタイムコミュニケーション　二次元ドリーム文庫感想係

ハーレムリベンジャー
復讐の美女とおねショタ流離譚

2021年11月26日　初版発行

【著者】
竹内けん

【発行人】
岡田英健

【編集】
上田美里

【装丁】
マイクロハウス

【印刷所】
株式会社広済堂ネクスト

【発行】
株式会社キルタイムコミュニケーション
〒104-0041　東京都中央区新富1-3-7ヨドコウビル
編集部　TEL03-3551-6147 ／ FAX03-3551-6146
販売部　TEL03-3555-3431 ／ FAX03-3551-1208

禁無断転載 ISBN978-4-7992-1567-8　C0193

KTC